放學後

ほうかご

東野圭吾

張秋明——譯

放學後

Contents

第一章

1

九月十日，星期二放學後。

頭上突然傳來一聲巨響。我反射性地抬頭，看見三樓窗口丟出一樣黑色物體，就在我的正上方。我慌忙躲開。黑色物體掉落在我剛才走過的地方，摔成粉碎。

原來是一盆天竺葵的植栽。

那是放學後，我經過教室旁時發生的事。不知何處傳來鋼琴聲。好半晌，我只是看著那個素燒陶的花盆發呆，一時之間無法理解究竟發生了什麼事。倏然回過神，腋下冒出的冷汗已流到手臂。

下一瞬間，我拔腿就跑，使盡全力衝上教室大樓的樓梯。

氣喘吁吁地站在三樓的走廊上，我的心臟劇烈跳動，並不只是快跑的關係，而是恐懼在此刻到達頂點。我想像著萬一被那花盆砸中……腦海頓時浮現一片天竺葵的鮮紅。

是從哪間教室丟出來的？根據那扇窗戶的位置，我的腳步停在理化實驗教室前。一股化學藥品的臭味飄出來，猛一抬頭，我發現教室的門打開了約五公分的縫隙。

我一把拉開門，一陣涼風迎面撲來，正前方的窗戶開著，白色窗簾隨風飄揚。

我再次回到走廊上。從花盆落地到我衝上來爲止，不知究竟經過了多少時間，但感覺那個故意丟下花盆的人，就躲在走廊兩側的某間教室裡。

途中，整排教室折成L字形，經過轉角時，我的腳步又停了下來。因爲掛著「二年C班」班牌的教室傳出說話聲，我毫不猶豫地開門而入。

只見五名學生，集中坐在靠窗的座位寫東西。因爲突然有人闖進來，她們全都抬起頭看著我。

於是，我不得不開口：

「妳們在幹什麼？」

坐在最前方的學生回答：

「這裡是文藝社社辦……我們在製作詩集。」

對方堅定的口吻中帶有「別煩我們」的意思。

「有沒有其他人來過這裡？」

五名學生對望了一下，都搖搖頭。

「走廊上有沒有人跑過去？」

她們又彼此互看，只聽見有人低聲說「應該沒有吧」。最後還是那名學生代表大家回答：

「我們沒注意到。」

「是嗎……謝謝妳們。」

我掃視教室一圈後，將門關上。

這時，我再度聽見鋼琴聲。這麼說來，從剛才開始似乎就一直有這樂聲。即使我對古典音樂一竅不通，也聽過這曲子，彈鋼琴的人造詣想必不錯吧。

音樂教室在最後面，鋼琴聲是從那裡傳出來的。我一一打開每間教室的門確認有沒有人躲在裡頭，只剩下音樂教室還沒檢查。

我粗魯地打開門，發出宛如擾亂平靜水流、破壞優美建築的噪音，鋼琴聲應聲中斷。

彈琴的學生滿臉驚嚇地看著我。我認得她，是二年A班的學生。那一向令人印象深刻的白皙皮膚，此時顯得更加蒼白，我不禁開口道歉：

「不好意思打擾了……剛剛有沒有其他人來過這裡？」

我一邊環顧室內，一邊詢問。教室裡並排著三張長椅，窗邊有兩架舊風琴。牆壁掛著音樂史上留有豐功偉業的作曲家肖像畫。我立即判斷這裡應該沒辦法躲人。

彈琴的女學生不發一語地搖搖頭。她彈奏的是一架平台大鋼琴，看起來年代相當久遠了。

「是嗎……」

我繞到她的背後，往窗邊走去，看見校園裡有運動社團的學生在跑步。

走出音樂教室左轉就是樓梯間，犯人大概是從那裡逃走的，我想時間上也足夠對方脫逃了，問題在於，對方究竟是誰……

突然間，我發現彈琴的女學生一臉不安，目不轉睛地看著我。我立刻擺出笑臉說：「請繼續演奏，我還想多聽一點。」

她這才放鬆表情，瞄了一眼樂譜後，靈巧地活動手指。穩定中逐漸轉快的旋律……對了，是蕭邦的曲子，連我都知道的有名樂曲。

一邊看著窗外，一邊聆聽蕭邦的音樂——這是一段出乎意料的優雅時光。可惜我的感覺不太對勁，心情依然很憂鬱。

五年前我成爲教師。倒不是我對教育有興趣，也不是對爲人師表有所憧憬，簡單來說就是「順水推舟」地當了教師。

從故鄉的國立大學工學院資訊工程學系畢業後，我在某家電公司上班。選擇該公司的理由之一即是其總公司設在故鄉，雖然我被分派到位於信州的研究所，但工作內容是光纖通訊系統的開發設計，還算符合自己的期望。我在那裡工作了三年。

到了第四個年頭，情況有了變化。由於新工廠蓋在東北，光纖通訊系統的開發人員大半都得轉移過去，我當然也不能例外。只是我很猶豫，畢竟我對東北只有偏遠的印象。有些老同事開玩笑說搞不好下半輩子會老死在深山裡，我聽著頗不是滋味。

我也考慮過換工作。問題是，不管換公司還是當公務員，都不容易。難道眞得看淡一切遠赴東北嗎？就在我死心斷念時，母親勸我考慮當教師。我在大學時就已取得教師資格，母親認爲沒好好運用未免可惜。當然，站在母親的立場，肯定捨不得讓兒子去遙遠的東北工作，而且實際上教師的薪水，在當時絕不遜於其他職業。

只是，教師徵選考試也沒那麼容易通過。聽我這樣說，母親立刻表示如果是私立高中或許有門路，先父在私立學校協會好像還有一點人脈。

我對教師這份工作，既不喜歡也不討厭，何況我並沒有其他想做的工作，可以讓我拒絕年邁母親的熱心建議。最後我接受了母親的建議，心想反正先做兩、三年再看看吧。

隔年三月我正式拿到聘書，私立清華女子高級中學——是我下一個工作地點。

這所高中距離S車站約五分鐘路程，周遭盡是住宅區和田地，環境很特別。至於學生人數，一個學年有三百六十人，每班約四十五人，共八班。不僅擁有二十年以上的歷史，同時在升學率上，可說是該縣名列前茅的女子高中。事實上，跟朋友提起「我要到清華女中任教」時，每個人都祝賀我說「那可是一所好學校呀」。

我向公司提出辭呈，四月開始教書。第一堂課的情景，至今我仍記憶鮮明。那是一年級的課，由於我也是新來乍到，自我介紹時便提到自己和她們一樣都是新生。

第一堂課結束，我已對教師這份職業失去自信。倒不是我搞砸了什麼，也不是我不懂得應付學生，而是我無法忍受她們的視線。

我不認爲自己特別引人注目，應該是習慣躲在人後的個性，偏偏在學校當教師不得不站在人前。學生會對我說的每一句話都做出反應，一舉手一投足都被盯著看。上課的時候，總覺得有將近一百隻眼睛在監視我。

直到兩年前，我才好不容易適應她們的視線。不是我的神經變粗了，而是我發現學生其實對教師沒興趣。

只是，我始終無法理解她們的想法。

總之，她們帶給我的就是一連串驚嚇。以爲她們都是大人了，卻常常表現得很孩子氣，動不動就搞出讓大人頭疼的問題，我完全無法預測她們的行動。這種狀況從我任教的第一年到第五年幾乎都沒有改變。

不單是學生，就連那些名爲「學校教師」的人種，也常常讓我這個來自不同環境的人覺得是另一種生物。爲了管教學生，不斷耗費毫無意義的勞力，整天睜大眼睛檢查學生服裝儀容的行動，我無論如何都難以理解。

學校這地方充滿太多未知數——這是我五年來的感想。

不過，最近我倒是弄清楚了一件事，那就是身邊有人企圖殺害我。

三天前的早晨，我初次感受到來自某人的殺意，地點是在S車站的月台。正當我被電車中擁擠的乘客推擠出來，隨著人潮踏上月台邊緣時，冷不防有人從旁邊撞過來。事出突然，我失去平衡，踉蹌地往月台外側移動了兩、三步。站直身子時，我差點就要跌落在鐵軌上，大約只差十公分。

好危險，究竟是誰？——回過神來，我如此一想，一股戰慄竄過全身。就在我差點跌落的鐵軌上，快速列車剛剛呼嘯而過。

我的心頓時凍結。

我確信剛剛有人故意撞倒我。對方算準時間，想趁我不備……

但到底是誰？可惜在人群中，我根本不可能揪出凶手。

第二次感覺到殺意是在昨天。我喜歡游泳，昨天游泳社暫停練習，我得以一個人享用整座游泳池。

五十公尺的距離來回游過三次後，我便上岸。因爲還得指導射箭社的練習，不能把自己搞得太累。

站在晒得發燙的游泳池畔做完伸展操後，我去沖澡。雖說時序已進入九月，天氣依然炎熱，沒有什麼比沖涼的水更舒爽的了。

就在我洗完澡、關掉水龍頭時，發現情況不太對勁。那東西掉落在我腳邊約一公尺的前方。不對，應該說那個拳頭大的白色盒子，沉在深度高達腳踝的積水中。我彎下身仔細觀察，隨即衝出淋浴間。

那是一百伏特的家庭用延長線前端，看起來像白色盒子的部分是插座。電線另一頭連接在更衣室的插座上。

我下水游泳之前當然沒有那種東西。也就是說，有人趁我在游泳的時候設置的。爲什麼？答案很明顯，是爲了造成我觸電身亡。

可是，爲什麼我會平安無事？我納悶地檢查電源箱。果然不出所料，過載保護的開關跳掉了。因爲水中電流量太大，超過電源負荷。若是過載保護的容量更大——想到這裡，眞教人不寒而慄。

第三次則是剛才的天竺葵花盆。

到目前爲此，三次我都幸運逃過，但好運不見得永遠跟著我。總有一天，犯人會使出殺手鐧吧。在那之前，我必須揪出凶手的眞面目。

嫌犯是名爲「學校」的集團，一個由來路不明的人群所形成的集團。

2

九月十一日，星期三。

第一堂是升學班三年C班的課。進入第二學期後，就業班的學生便顯得有些心情浮動，只有升學班的學生能夠認眞聽課。

我一拉開教室的門，便聽見一陣椅子移動的噪音，幾秒後所有學生都回到座位上。

「起立！」

班長的聲音響起，一排排穿白色制服襯衫的學生立正站好。「敬禮，坐下！」的口令之後，教室裡又是一陣騷動。

我隨即翻開教科書。有些老師習慣在講課前先聊聊天，我卻完全學不來。按照既定的軌道說話已讓我痛苦不堪，又何必說多餘的話？在幾十個人的注視下說話卻絲毫不覺痛苦——我認爲這是一種才能。

「今天從第五十二頁開始。」

我聲音乾澀地宣布。

學生大概也漸漸瞭解我是什麼樣的教師，已對我不抱任何期待。因爲除了數學以外，我絕不多說什麼——我知道她們幫我取了「機器」的外號，約莫是「教學機器」的簡稱吧。

左手拿著教科書，右手抓起粉筆，我開始上課。三角函數、微分、積分……我很懷疑她們對於我的授課究竟能聽懂幾分？不是說聽課猛點頭、拚命抄筆記就一定是理解了授課內容。每一次考試她們總是讓我失望。

上課經過三分之一的時間，教室的後門突然開了。所有學生都往後看，我也停下寫黑板的手望著教室後門。

走進來的是高原陽子。眾目睽睽下她慢慢走著，直視左側最後方自己的座位。當然，她看都不看我一眼，寂靜中只有她的皮鞋發出清響。

「接下來是運用代換法來計算不定積分的方法……」

見高原陽子就座後，我才繼續講課。我也知道教室裡的氣氛十分緊繃。

高原陽子應該是遭到停學三天的處分。據說是因爲被抓到抽菸，詳細情形我就不知道了。不過三年C班的導師長谷提及，今天是她回來上學的第一天。就在第一堂上課之前，長谷告訴我：

「我剛才點過名了，高原沒來。我想她可能會曠課，萬一她遲到進教室，請前島老師好好教訓她一番！」

「我最不會教訓學生了！」這是我的眞心話。

「千萬別這麼說，拜託了。前島老師不是當過高原二年級的導師嗎？」

「話是沒錯……」

「那就麻煩前島老師了。」

「眞是傷腦筋。」

嘴上這麼說，其實我並不想遵守和長谷的約定。不擅長教訓學生是理由之一，但實際上我更害怕應付高原陽子這名學生。

她的確是我去年擔任導師的二年B班學生，不過當時她不像現在這樣是個問題，只能說她是在精神上和生理上都屬於比較「前衛」的學生。

今年三月結業式後發生了一件事。

「請老師來二年B班的教室一下。」

我回到座位準備回家，看到公事包上放著一張這樣的紙條。上面沒有署名，字跡很漂亮。我完全想不出會是誰找我，又有什麼目的，於是穿過無人的走廊，打開教室的門。

在教室裡等我的人是陽子。她斜靠著講桌，面向我。

「陽子，是妳找我嗎？」

對於我的問話，她面無表情地點點頭。

「有什麼事？是對妳的數學成績不滿意嗎？」

我開了一個不太熟練的玩笑。

然而陽子滿不在乎地說：

「有件事想麻煩老師。」

她右手遞出白色的東西，是一只信封。

「這是什麼？寫給我的信嗎？」

「不是，老師打開來看嘛。」

我打開信封瞄了一眼，似乎是車票。拿出一看，果然是三月二十五日九點發車的特快列車車票，目的地是長野。

「我要去信州，想請老師陪我去。」

「信州？其他還有誰要去？」

「沒有了，只有我們兩人。」

陽子的語氣像在閒話家常般輕鬆，表情卻是令人緊張的嚴肅。

「我好驚訝。」

我故意擺出誇張的表情問：

「爲什麼是我？」

「這個嘛……我也不知道。」

「爲什麼要去信州？」

「我只是……就是想去。重點是，老師會陪我去吧？」

對於陽子的自作主張，我搖搖頭。「爲什麼？」陽子顯得很意外。

「不跟特定的學生做那種事是我的原則。」
「那跟特定的女人呢？」
「咦？」我錯愕地看著她。
「算了，反正三月二十五日我會在M車站等的。」
「不行，我不能去。」
「來嘛，我會等老師的。」
陽子不等我回答就逕自走出教室，並刻意在門口回過頭說：
「如果不來，我這一輩子都會恨你。」
說完，她突然衝向走廊，留下我一個人拿著信封站在講台上。
三月二十五日之前，我真的很猶豫。當然，我完全沒有要和她一起旅行的念頭。我猶豫的是，不曉得當天該採取什麼行動。換句話說，是該徹底無視她的邀約，讓她空等？還是，到車站去說服她？只是，考慮到陽子的脾氣，我不認爲當天她會乖乖聽話。所以我決定還是不要去車站，心想反正她等了一個小時後，自然會放棄回家吧。
到了當天，果然還是心神不寧，一早起來我便不時看著手表。到了時針指向九點後，不知爲何我竟嘆了一大口氣。眞是漫長的一天。
那天晚上八點左右，電話鈴響，是我接起的。
「這裡是前島家。」

「………」

我直覺認爲電話彼端的人是陽子。

「是陽子嗎？」

「………」

「妳一直等到現在嗎？」

她還是默不作聲。我的腦海浮現她有話想說，卻咬住下唇忍耐的表情。

「沒事的話，我要掛電話了。」

因爲她依然沒有回答，我掛上了話筒，只覺得心裡有某種重物不斷下沉。

春假結束，她們升上三年級後，有段時間我刻意不和她碰面。如果眼看可能會在走廊上擦身而過，我便趕緊避開，上課中也盡量不去看她。近來雖然比較沒有那麼神經質地躲著她，但我之所以害怕應付她，就是這個緣由。

另外，還有一點我也很在意，據說因爲服裝、日常態度，陽子最近開始被當成問題學生看待。

結果，對於她的遲到，我什麼也沒說，就這樣上完了課。偶爾會有學生遲到，我從未指責過她們，所以其他學生並不覺得奇怪。

回到辦公室跟長谷提起這件事，他的眉毛馬上下垂成八字，開口抱怨：「眞傷腦筋！停學處分結束第一天上學就遲到，根本沒把學校放在眼裡！這種時候就應該好好教訓她一頓才對……我知道了，午休時間我會把她找來，我親自跟她說。」

長谷拭去鼻頭上冒的汗這麼說。他雖然只比我大兩、三歲，看起來卻顯得更蒼老。大概是因爲有少年白髮，加上人又長得胖吧。這時隔壁座位的村橋湊過來問：「高原陽子來上學了？」

這男人說話總是意有所指，相當惹人厭。我只點頭回答：「嗯。」

「眞是太不像話了。」他語帶不屑，「她究竟是爲了什麼來上學？她應該很清楚學校不是她這種害蟲該來的地方。說起來，三天的停學處分實在是太輕了，至少要一個星期，不，要停學一個月才夠。問題是，停學也改變不了一個人吧！」

他一邊推鼻梁上的金框眼鏡，一邊這麼說。什麼害蟲、塵蟎、垃圾——我並不想當正義使者，但村橋的這類用詞總是令人不快。

「她二年級的時候並沒有特別壞。」

「就是有這種會在重要時期變壞的學生，算是一種逃避現實吧。她的父母也不對，監督不周嘛。她父親是幹什麼的？」

「我記得是K零食公司的高級主管。」

我看著長谷詢求確認，他點頭說「沒錯」。於是村橋皺著眉頭，自以爲是地說：

「常有的情形。父親工作太忙無暇教育女兒，相對地，給了太多零用錢。這是最容易墮落的家庭環境。」

「是這樣嗎？」

村橋是生活輔導組的主任。看著他志得意滿地大放厥詞，我和長谷只能在一旁點頭附和。不過，陽子的父親工作繁忙似乎是事實。根據我的記憶，她母親在三年前過世，家務全交由女傭處理，我聽她提過家裡幾乎只有她和女傭兩人生活，然而她說這些事的時候，臉上不見一絲陰鬱。也許她的內心很難過，只是留在我印象中的表情是開朗的。

「那她母親呢？」

因為村橋問起，長谷才回答。長谷連她母親似乎是死於胃癌都知道。

「母親不在世？那就慘了，根本沒辦法教。」

村橋搖頭起身時，上課鐘聲響了。第二堂課開始，我和長谷各自回到座位，準備好教材便走出辦公室。

前往教室的走廊上，我和長谷繼續聊天。

「村橋老師還是那麼嚴厲。」

「誰教他是生活輔導組的主任。」我隨意敷衍兩句。

「話是沒錯……事實上，關於高原的抽菸事件，就是村橋老師發現她在廁所裡鬼鬼祟祟的。」

「原來是村橋老師？」

這倒是頭一次聽到，難怪他會把陽子批評得體無完膚。

「當初決定停學三天的處分時，只有他主張停學一個星期，不過最後還是依照校長的意見決定。」

「原來如此。」

「唉，高橋的確是問題學生，但她也有可憐的一面。我是聽其他學生說的，她似乎是從今年三月底才開始變壞的。」

「三月底？」

我大吃一驚，那正是她約我去「信州旅行」的時候。

「前島老師應該也知道，自從那孩子的母親過世後，家務全交給住在家裡的女傭處理，可是今年三月女傭辭職了，換了一個年輕的傭人。如果只是這樣還好，但聽說眞相是高原的父親硬要之前的女傭辭職，好讓那個年輕女人住進家裡。我猜想大概是這個原因讓那孩子的行爲開始有所偏差吧？」

「……是嘛，原來有這麼一回事。」

和長谷分別後，我想起陽子不認輸的表情。心性愈是純眞，絕望時的反作用力會愈大。我雖然不擅長輔導學生，卻也知道有不少學生是因爲那種理由變壞的。

我憶起陽子約我去信州旅行的事。搞不好陽子是爲那樣的家庭環境煩惱不已，才想要出門旅行？當然，她可能是想在旅途中找我商量，希望從我這裡獲得一些建議吧？或許她只是想找一個能夠回答切身疑問的人。

然而，我卻沒能回應她的需求。不，我不僅沒能回應，甚至是相應不理，轉頭離去。

我想起陽子她們升上三年級的第一堂課。我放心不下，忍不住朝她望去，正好和抬起頭的她四目相對。至今我仍無法忘記當時她的眼神。

那彷彿要刺人的眼神。

3

「怎麼了？你看起來臉色不太好耶。」

經過三年級教室附近時，身後有人向我搭話。只有學生會用這種方式跟我打招呼，而且不是小惠就是加奈江。回頭一看，果不其然小惠正往我這邊走過來。

「難不成跟師母吵架了？」

「妳倒是心情很好嘛。」

不料，小惠聳聳肩說「才不呢，我心情壞透了，又因爲這個被時田念了」，抓起自己的頭髮。她留著很有女人味的鬈髮，學校方面當然禁止學生燙髮。

「都說我這是自然鬈了，時田就是不肯相信。」

時田是她們班的導師，是歷史老師。

「那還用說嗎？妳一年級的時候明明是清湯掛麵的髮型。」

「你們就是那麼死腦筋，一點都不懂得變通！」

「看來，妳不再化妝了？」

「是啊，因爲太顯眼了。」

一整個暑假，小惠都是化妝來參加射箭社的練習，還說晒黑的肌膚最適合塗橘色口紅了。

小惠——本名杉田惠子，三年B班，射箭社社長，已完全褪去少女的形貌，開始蛻變爲成熟的女性。女孩一般到了高三便相當有大人的樣子，小惠更是特別明顯。

這個小惠也是讓我頭痛的學生之一。尤其是從上次的共同集訓以來，我不由得躲著她。不知道小惠心裡怎麼想，關於集訓的事她倒是提也沒提，彷彿沒發生過任何事。或許對這個女孩而言，那根本算不了什麼？

「老師今天會來看我們練習吧？」小惠露出責備的眼神看著我。

最近我都沒去看射箭社的練習，因爲感覺有生命危險，放學後我都盡早回家，但這又不能跟小惠明說。

「不好意思，今天我有些不方便。練習情況就麻煩妳照看了。」

「不太好吧，最近一年大家的射擊姿勢都有些走樣了。那明天呢？」

「明天應該能去。」

「那就拜託嘍。」小惠說完轉頭就走。

看著她的背影，我不禁認爲上次在集訓時發生的事或許眞的只是一場夢。

清華女子高中有十二個運動社團。基於教育方針，學校方面十分鼓勵學生加入社團，也慷慨補助經費。因此，包含籃球社、排球社等運動社團都經營得有聲有色。每年都有兩、三個社團能夠打進縣際大賽前段名次。不過，儘管社團活動表現得不錯，在去年以前，學校一直禁止社團的集訓活動。理由很簡單，就是不能讓青春期的女孩隨便在外住宿。由於很難打破因循的慣例，儘管每年都有人提出不妨一試的意見，始終無法實現。

因此有人提議乾脆讓所有社團一起舉行集訓。換句話說，個別社團的集訓如果有問題的話，不妨試試讓所有運動社團舉行共同集訓。如此一來，學校方面可以指定集訓和住宿的地點，帶領的教師一多也可以組團監督學生。而且團體人數較多，費用負擔也能相對減少。反對的聲浪雖然依舊存在，但去年終於舉辦了第一次共同集訓。我身爲射箭社的顧問也跟著去了，結果很成功，學生的反應也很好，學校方面決定繼續試辦下去。

於是今年夏天舉辦了第二次共同集訓，地點和上次一樣，在縣立運動休閒中心，進行爲期一星期的練習。

每天的時程安排是：早上六點半起床，七點吃早餐，八點到十二點練習，十二點起吃午餐，下午一點半到四點半繼續練習，晚餐從六點半開始，十點半熄燈就寢。儘管安排得相當緊湊，但休息時間是由各個社團自行決定，自由時間也不算少，所以幾乎沒有聽到學生的抱怨。她們似乎還特別期待晚餐到熄燈就寢前的時間。大概是可以感受到平常在學校無法體會的親密感和團體感吧。

我多半是看書、看電視來打發時間，不過每天晚上都會檢討社員的練習內容，直到第三天晚上。

集訓前半期的練習結束，爲了確認社員的進步程度和接下來的訓練方針，我坐在餐廳整理資料。距離熄燈就寢的時間已過半小時，我想應該是晚上十一點左右吧。

一次可容納一百人用餐的大餐廳裡，除了我之外沒有其他人。

射箭是一種成績直接表現在分數上的運動，因此要想知道各自的進步狀況，最快的方法就是查看當日的得分。我決定將每個社員這三天的得分製作成圖表，隔天拿給全體社員看。

著手進行作業後不久，我察覺有人靠近，於是抬起頭，只見小惠站在桌子對面。

「老師好用功啊。」

這是她一貫沒大沒小的用詞，但不知爲何少了調侃的語氣。

「都熄燈了，妳怎麼還不睡？」

「嗯，有點睡不著……」

小惠坐在我旁邊。那身背心加上運動褲的裝扮，對我的刺激實在有些強烈。

「哦……原來是在整理資料。」她窺探著我的筆記本說：「那我的紀錄呢……啊，找到了，在這裡。有點差強人意，看來我最近的狀況不好。」

「因爲妳的姿勢不太能保持平衡，不過時機倒是抓得很準，繼續練習就能改過來。」

「加奈江和弘子還是跟以前一樣，雖然姿勢很漂亮。」

「與其說她們是在射箭，不如說是被弓箭射吧，簡單來說，就是力道不夠。」

「結果還是要多練習嘍……」

「沒錯，就是這樣。」

我認為兩人之間的交談到此結束，又拿起鉛筆繼續面對筆記本。可是小惠沒有要走的樣子，依然坐在旁邊托著臉頰，看著我的筆記本。

「怎麼還不去睡？」我說了跟剛才一樣的話，「小心睡眠不足，到時敵不過夏天的炎熱。」

可是小惠沒有回應，而是起身問我：「要不要喝果汁？」

她直接走向附近的自動販賣機買了兩罐果汁回來，然後大膽地直接盤起從運動短褲伸出的雙腿，坐在椅子上。我移開目光，往褲子口袋摸索錢包。

「不用了，一罐果汁我請得起。」

「那可不行，妳還在靠父母養呢！」

我從錢包裡掏出兩枚百圓硬幣，擺在她面前。她只瞄了一眼，並沒有伸手拿回去的意思，反而問了毫不相關的問題：「老師擔不擔心師母呢？」

我才剛拉開罐蓋喝了一口果汁，差點嗆到。

「妳在胡說什麼！」

「我是說真的，老師擔不擔心呢？」

「這問題很難回答。」

「是不擔心，但覺得寂寞？」

「怎會覺得寂寞？我們又不是新婚夫婦。」

「雖然不寂寞，不過想到師母會心疼吧？」

「喂，妳在鬼扯什麼！」

「說實話嘛，我猜得沒錯吧？」

「妳怎麼好像喝醉了？酒是哪裡弄來的？這麼說來，感覺眞有一股酒臭味。」

我假裝將鼻子湊近小惠的臉嗅聞，她卻笑也不笑地反瞪著我。那認眞的眼神，讓我感到全身一陣麻痺，頓時動彈不得。

約有兩、三分鐘，或是兩、三秒吧，我們彼此對望。說得噁心一點，時間彷彿在我們之間靜止了。

我不記得是小惠先閉上眼睛，還是我先觸碰到她的肩膀。總之，兩人很自然地湊近臉，理所當然地將嘴脣貼在一起。我居然十分鎭定，連自己都非常驚訝，甚至還能豎起耳朵注意有沒有其他人過來。小惠好像也不緊張，證據就是她的嘴脣頗爲溼潤。

「這種時候，我是不是應該道歉比較好？」

離開小惠的嘴脣，手還放在她的肩膀上時，我開口這麼問。那裸露在背心外的肩膀，似乎在我的手掌下益發汗溼。

「爲什麼要道歉？」小惠直視著我反問，「這又不是什麼壞事。」

「我不知道自己爲什麼會做這種事……」

「老師的意思是，明明不喜歡我卻做了這種事嗎？」

「不……不是的……」我一時不知該怎麼解釋。

「不然是什麼意思？」

「感覺像是違反了某種不成文的規則。」

「沒那種事！」小惠的語氣強烈，依然直視著我。「從小到大，我可不覺得有什麼規則綁著我。」

「妳眞厲害。」

我將手從小惠的肩膀上移開，一口氣喝光果汁。不知從什麼時候起，喉嚨突然變得好乾。

這時走廊上傳來腳步聲，一種拖鞋在地上拖行的聲音。腳步聲有時會重疊，大概不止一個人吧。

我們兩人分開和餐廳門打開幾乎是同一時間，只見兩個男人走了進來。

「原來是前島老師啊。」

個子較高的男人出聲。他是擔任田徑社顧問的竹井，另一人是村橋。村橋並非運動社團的顧問，他是負責監督才來的。

「杉田同學也在這裡，看來你們是在討論練習的事，眞是辛苦了。」

竹井看著我面前攤開的圖表和筆記本這麼說。

「你們在巡房嗎？」

聽到我的問話，兩人像在表示「沒錯」般相視一笑，環視餐廳各個角落後，又從剛剛那道門離開。

小惠望著他們走出去的門半晌，才回頭看著我說：

「氣氛都被破壞了。」

說完，她又露出熟悉的笑臉。

「要睡了嗎？」

「嗯。」

小惠點點頭站了起來，我也著手整理桌面。我們在餐廳門口道別時，小惠在我耳邊低語：

「那就……下次繼續吧。」

「咦？」我吃驚地看著她。可是她已若無其事地留下一句「老師，晚安嘍」，往走廊另一端離去。

第二天練習的時候，我盡可能避免和小惠面對面。固然是因爲內疚，但其實是我雖然年紀不小了，還是會覺得難爲情。

然而小惠對我的態度和過去一樣，沒有任何變化。

「一年級的宮坂身體不舒服缺席，其他人都到齊了。」

就連她報告出席狀況時正經八百的語氣，也跟從前一樣。

「身體不舒服？那可不行。感冒了嗎？」我問。

她露出耐人尋味的笑容說：「女孩子說身體不舒服，老師就應該知道是怎麼回事才對。」

沒大沒小的說話方式一如往常。

而且到今天爲止，小惠一次都沒提到那天晚上的事。最近我不禁開始認爲，搞不好只有我一個人在意，其實沒什麼大不了的。我只是被一個年紀小十歲以上的女孩說的一句「那就……下次繼續吧」給耍得團團轉。

我想起了小惠的臉。她有時候看起來很聰明，有時候又給人嬌嬌女的印象。我不禁想對自己說聲：振作點吧！

4

第四堂課結束後的午休時間。我一邊吃老婆做的便當一邊看報紙，用完餐正在享用咖啡時，辦公室的門開了，走進來一名學生，是高原陽子。陽子環視辦公室，一發現長谷的座位，便直接走過去。途中我們的視線相對，她卻毫無反應。

長谷一看到她，立刻拉下臉，嘴裡念念有詞。他就坐在隔著我四張桌子的前面座位，我不僅能看見兩人的表情，也能斷斷續續聽見兩人的對話。我假裝看報紙不時偷瞄，瞥見面無表情的陽子目光低垂的側臉。

長谷碎念的內容不外乎是：解禁第一天就遲到，妳到底在想些什麼？應該沒再抽菸了吧？不久就要畢業了，一定要堅持到最後，不可以鬆懈……等等。長谷的訓話與其說是指導，聽起來更像是請求。陽子還是一副愛聽不聽的樣子，沒有任何反應，甚至連頭都沒點一下。

看著她的側臉時，我突然察覺有異，她剪短頭髮了。她過去就沒留長髮，但也不曾剪這麼短。以前頭髮似乎有些鬈曲，現在不但沒有，劉海也修得很短。我猜她大概想換個造型，建立新形象吧。

就在我想著這件事時，忽然有人從背後拍我的肩膀。回頭一看，只見教務主任松崎露出黃板牙對著我笑。

「報紙上有什麼好玩的新聞嗎？」

我最討厭他這種又溼又黏的說話方式。說明來意之前，他總會像這樣先諂媚幾句。

「當今社會還不就那個樣子……請問有何貴幹？」

聽到我的催促，松崎看著報紙上的文字，不太起勁地說：「噢，校長找你。」

我將報紙讓給松崎，趕緊前往校長室。

敲了校長室的門後，聽見一聲「請進」，我才走進去。栗原校長背對我坐著，看得出來他正在吞雲吐霧，據說他幾次想戒菸都失敗了。

校長將椅子轉向我，開口第一句就問：「射箭社練得怎麼樣？今年應該能進入全國大賽吧？」聲音不大卻讓人聽得很清楚，果然是以前玩橄欖球練出來的。

「馬馬虎虎……還可以。」

「怎麼，這麼沒把握？」

他將夾在指間的香菸摁熄在菸灰缸裡，隨即又從盒子裡取出一根新的菸。

「你擔任顧問幾年了？」

「五年。」

「嗯，是該好好表現，露兩手給我們瞧瞧的時候了。」

「我盡量。」

「那可不行，總得留下某種形式的成績才行。日本有射箭社的學校不多，要想奪得冠軍其實不難，當初說這話的人不是你嗎？」

「這個事實，至今還是不變。」

「那就拜託你了。三年級的……是叫杉田惠子吧，這個選手怎麼樣？」

「很有才華，可以說我們學校進軍全國大賽就靠她了吧。」

「很好，重點訓練她，其他人你就看著辦吧。臉色不要那麼難看，我沒有干預你的指導方針的意思，只是希望得到該有的結果。」

「我會努力的。」

我只能這麼回答。我並不反對校方將運動社團的成績，視爲招生的宣傳手法。既然是以「經營」爲大前提，就該在宣傳方面下工夫。只是，栗原校長說得如此露骨，我實在有點跟不上。

「對了，我找你來是有其他的事。」

看到校長的表情變化，我有些訝異，但他的神色馬上又恢復正常。

「來，先坐下。」說完，他指著沙發。

我有些猶豫地坐下，栗原校長跟著坐在我對面。

「其實不是什麼大事，是關於貴和的事。你知道貴和吧？」

「我知道。」

他是校長的兒子。我們見過一次面。據說他是一流國立大學畢業，任職於地方企業，走的是精英路線，可是他給我的印象，卻不是很有幹勁的樣子，甚至顯得柔弱、消極。當然，印象和事實未必一致。

校長接著說：「貴和已二十八歲，該是幫他找個好對象的時候了，可惜就是找不到。就算我這個父親看中意了，他看到照片也只是搖頭。」

我在心裡吐槽，先瞧瞧自己的長相吧。

「可是這次他卻搖白旗了……你猜對方會是誰？」

「這個嘛……」是誰我都無所謂。

「是麻生恭子老師。」

「噢……」

校長似乎相當滿意我的反應。

「你很驚訝吧？」

「的確，記得她的年齡……」

「二十六歲，我想找個穩重的媳婦會比較好，結果貴和看了照片似乎也挺中意，於是八月的返校日我和麻生老師提起這件事，她說需要一些時間考慮。我也給她貴和的照片和履歷表了。」

「原來如此，然後呢？」順著話鋒，我不禁催促校長往下說。

「問題就出在這裡。在那之後都過了三週，麻生老師始終沒回覆。我稍微試探一下，她總是回答『請再等一段時間』。不喜歡就直說，彼此都落得輕鬆，摸不清她的想法，反倒令人困擾，所以我才找你過來。」

聽到一半我已知道校長的目的，總之就是要我去探問麻生恭子的心意吧。聽完我的想法，校長滿意地點頭說：「眞是善解人意，你說的沒錯。但我並非只是要你幫忙跑腿而已，希望你順便徹底調查她的男女關係。當然，她都二十六歲了，難免會有一、兩段戀情吧。我也不是那麼死腦筋，問題是現在。」

「我知道了。可是，如果她對這門婚事不感興趣，就沒有調查的必要吧？」

「你是指，我兒子的婚事沒希望了嗎？」校長的語氣似乎不太高興。

「不，我只是說也有那種可能性。」

「好吧，假如是那樣，就搞清楚她的理由何在，原則上我願意接受她的任何條件。」

「我明白了。」

若是麻生老師不喜歡貴和，我倒想問問她打算怎麼辦。

「校長找我來就是爲了這件事嗎？」我故意以較嚴肅的口吻詢問。

「話是沒錯，不過你那邊是不是出了什麼狀況？」

校長的口吻變得慎重，大概是觀察到我的神情有異吧。

「我又被盯上了。」

「什麼？」

「有人暗算我。昨天我經過教室大樓，有花盆從天而降。」

「……不是偶然嗎？」像是想相信這種說法，校長擺出笑臉。

「如果是偶然，會一連發生三次嗎？」

在月台上被人推了一把、差點在游泳池淋浴間裡觸電而死的事，我都告訴過校長。

「然後呢？」

我按捺想反問校長「什麼然後呢？」的衝動，冷靜地回答：「我打算報警。」

結果校長聽了將香菸靠在菸灰缸上，雙手抱胸，像遇到什麼難題似地閉上雙眼。我直覺認爲，他大概不會給我好的回應。果不其然，他說：「再等一陣子吧。」

我沒點頭，校長閉著眼睛繼續道：

「這算是學生的一種惡作劇。其他學校，尤其是男子高中，甚至會有牽涉流氓的暴力事件。讓警方介入這種事不太好，畢竟從頭到尾都是學生和老師之間的溝通問題。」

說到這裡，校長睜開眼睛，露出討好、安慰我的眼神。

「那是惡作劇啦，純粹的惡作劇，不是眞心想殺害你。假如你當眞，找來警察調查，最後恐怕會鬧出笑話。」

「可是凶手的做法，只會讓我覺得是玩眞的！」

校長突然臉色一變，雙手往桌上一拍。

「難道你不相信學生嗎？」

我嚇了一跳，沒想到這種話會出自這個男人的嘴裡。若不是今天這種場面，我大概早就捧腹大笑了，而且這種理由本身便夠令人驚訝不已了。

「我說……前島老師，」校長的語氣恢復冷靜，彷彿正在實踐「糖果與鞭子」的方法。「再一次吧。等下一次，我們看看情況再說。到時候我絕對不會阻止你，好吧？」

萬一下一次我就眞的死了，該怎麼辦？我心中這麼想卻沒說出口，不是答應校長的要求，而是不得不放棄。

「只能再一次嘍？」我不放心地確認。

校長得救般放鬆表情，談論起學校教育、身爲教師應有的態度、作爲學生應盡的本分……我才不想聽他那些空泛的理論，於是說聲「我還有課」，準備起身離去。打開門要走出去時，聽見校長說「我兒子的事就麻煩你了」，但我連話都懶得回了。

走出校長室，下午的上課鐘聲正好響起。夾雜在快步行走的學生群裡，我回到辦公室。

栗原校長不單是校長，也是清華女子高中的理事長，是個名副其實的獨裁者。只要他不高興，就能隨意開除一、兩個老師，學校的教育方針也任憑他說改就改，然而他在學生之間的風評倒也不壞。小惠就曾說：「他直接表現出自己的欲望，這點很有人性，還算不錯。」

事實上，栗原校長是我父親的戰友。在戰後那段青黃不接的時期，兩人似乎幹了不少虧心事。之後父親企圖成爲企業家、栗原校長想要設立學校，兩人分道揚鑣。最後成功的只有校長，父親留下年邁的妻子和一些債務過世了。如今大我三歲的哥哥夫婦在老家經營鐘表行，負責照顧母親的生活。

母親建議我當教師時，似乎私下聯絡了栗原校長，之後我很快就收到清華女中的聘書。因爲有這層關係，校長對我有頗爲推心置腹的一面。相對地，除了工作以外，我也必須爲校長效勞，剛才他交代的任務就是其中之一。

一踏進辦公室就聽見年輕女孩高八度的說話聲，我抬頭一看，只見村橋面對一名學生站著。

「總之妳先回教室，有什麼事放學後再說！」村橋指著門口，聲調有些高亢。

「在那之前，請先把問題搞清楚。村橋老師的意思是自己一點都沒有錯嗎？」

村橋的個子矮我一些，應該不到一百七十公分。那名學生的身高和村橋不相上下，肩膀也很寬，從背影就能看出是北条雅美。

「我不認爲自己做錯了什麼。」

村橋直視著雅美，她恐怕同樣堅定地回瞪村橋吧，半晌後她說：「好，我知道了。放學後我會再來找老師。」

接著她向村橋行一禮，氣勢洶洶地走出辦公室。包含我在內，其他老師都目瞪口呆地看著這一幕。

「那是怎麼回事？」我問正在準備第五堂課教材的長谷。他瞄了一下後方的村橋，壓低聲音說：「好像是村橋老師在課堂上罵學生。當時他用了『妳們這些傢伙』的字眼，北条是來抗議這句話帶有侮辱的意味。」

「怎麼會……」

「不過是小事罷了，北条應該是故意找碴，一半也是在耍脾氣吧。」

「原來如此。」我瞭解情況後回到自己的座位。

北条雅美是三年A班的班長。入學以來成績始終保持第一名，說她是清華女中創校以來的第一才女也不爲過。據說她的志願是東京大學，如果她眞能考上，可謂創校以來最值得慶賀的壯舉。她還是劍道社的主將，也是本縣屈指可數的女劍士。甚至有人爲她不是生爲男兒身感到遺憾，可見她是文武雙全的強者。

然而，從三月起她出現一些奇妙的舉動。我這樣形容，萬一被她聽到，搞不好會挨一頓教訓。根據她的說法，她這麼做完全是爲了「打破因襲陳規、無視學生人性、毫無理念可言的管理教育」。儘管如此，她並未因此蹺課或忽視學校有關服裝儀容、髮型等規定。因爲她很清楚那種作法沒有意義。她首先動員一、二年級學生組成服裝規定放寬檢討會，透過學生會向校方表達意見。之所以動員一、二年級學生，是考慮到三年級學生在各方面都比較忙，同時畢業在即，無暇將心思放在抗爭活動上。目前只有該服裝會開始活動，據說下一步就是成立頭髮會等其他組織。

北条雅美將病灶指向生活輔導組，尤其是最爲嚴格取締的村橋老師。每當村橋上完三年A班的課回辦公室，就會看見她追上來疾言厲色地抗議村橋上課時的不當用詞與態度。

因此，校方將她視為問題學生，對於如何制止她的行動卻毫無對策。畢竟她的做法正當，一切按照規則走，而且抗議的內容幾乎都是合理的。加上她的成績優秀，甚至有老師說：「反正只要等到北条雅美畢業就沒事，這段期間先忍耐吧。」

「稍微對她好一點，她馬上就神氣起來了。」村橋坐下，火藥味十足地自言自語。進入新學期，北条雅美依舊積極活動。

第五堂課的上課鐘響，教師紛紛發出起身的聲響。看見麻生恭子離座，我跟著站了起來。走出辦公室約十公尺，終於趕上她。她束起長髮，冷淡地瞥了我一眼，一副「有何貴幹」的眼神。

「剛剛校長找我過去。」

她顯然有所反應，腳步稍微放慢。

「他要我來問問妳的心意。」

校長交代這件事時，我就打算以這種直截了當的方式開口。她在樓梯前停了下來，我跟著停下腳步。

「為什麼我得回答前島老師？」她的語氣十分冷靜。

我緩緩搖頭說：「只要校長知道妳的心意就行，妳也可以直接告訴他。」

「好，我會告訴他。」

接著她踏上樓梯，從頭到尾都沒有正眼看過我。我不懷好意地抬頭望著樓梯，對她說：「校長要我調查妳的經歷。至於是什麼經歷，我想妳心裡很清楚吧？」

她的腳步聲停下時，我已走下樓梯，一股焦慮的沉默在我上方蔓延開來。

5

這天的第六堂課是在一年A班。我教的幾乎都是三年級的課，只有這一班是一年級學生。這群小毛頭進入新學期總算適應了高中生活，心性感覺稍微安定一些。如果她們跟國中生一樣整天毛毛躁躁，我精神上恐怕承受不了。

「接下來的練習題要請同學到講台上來解答。」我話還沒說完，底下的學生就顯得畏畏縮縮，幾乎所有的學生數學都不好。

「問題一山本，問題二宮坂，上來解題！」

我看著學生名冊，點人上台解題。山本由香一臉沮喪地站了起來，同時教室各處傳來安心的嘆氣聲。說來眞是丟臉，這讓我想起自己的高中時代。

宮坂惠美毫無表情地面對著黑板，她是個成績優異的好學生，果不其然，只見她左手拿著課本，右手拿著粉筆，迅速寫出解答。字體是現在年輕女孩間最流行的圓體字，而且是正確答案。

我注意到她的左手，至今仍纏著白色繃帶。她是射箭社社員，「據說」在今年夏天的集訓活動中挫傷左腕。我之所以這麼說，是因爲她剛受傷時怕我責罵，謊稱生理期來了沒有參加訓練。

換言之，她有點膽小怕事。

「左手還好吧？」她解題完回到座位上時，我輕聲詢問，她細如蚊蚋般「嗯」了一聲。

當我準備就黑板上的解答進行說明時，突然傳來一陣連肚腹也跟著震動的引擎聲。由於教室大樓是沿著圍牆蓋的，經常會聽見外面汽車經過的噪音，但這引擎聲不太一樣。照理說應該會呼嘯而過，引擎聲卻一直響著。

我從窗戶往外看，只見三輛機車在馬路上盤桓。駕駛人皆是身穿鮮豔襯衫、頭戴安全帽的年輕人，脖子上的圍巾被風吹得亂飄，以前沒看過這些人。

「是飛車黨的人嗎？」

「一定是想吸引我們的注意。」

「好討厭。」

坐在窗邊的學生七嘴八舌地談論著。因為教室位於二樓，可以看得很清楚。其他學生跟著探頭想一窺究竟，上課的氣氛完全被破壞了。

我回到黑板前準備重新開始上課，但學生的心思早就都飄向窗外。

「妳們看！居然有個笨蛋在揮手耶。」

她們又紛紛往外看，我正打算制止時，其中一名學生大叫：「啊！終於有老師出去了。」

聽到這句話，我不禁也往外看，有兩名男子往那群騎機車的年輕人靠近。從背影就能看出是村橋和小田老師。兩人都提著水桶，起初似乎在勸告對方，但年輕人並沒有離去的意思，於是兩位老師將水潑向機車，其中一輛頓時成了落湯雞。接下來教體育的小田老師還打算抓下騎著那輛車的年輕人，那群不良分子謾罵著終於離去。

「好厲害！」

「不愧是生活輔導組的老師！」

教室裡響起歡呼聲，這下更沒有上課的氣氛了。等我說明完黑板上的練習題，第六堂課已快結束。

我回到辦公室，不出所料村橋在一群人圍繞下，自以為是英雄，顯得意氣風發。

「很棒的驅逐法。」畢竟我坐在他隔壁，總得說些好聽的客氣話。

村橋心情愉悅地說：「這種方法其他學校也常用，幸好效果不錯。」

「希望他們不要再來了。」一位姓堀的中年女老師開口。

村橋聽了，稍稍恢復嚴肅的神情說：「他們究竟是誰？肯定是哪裡來的不良少年。」

「搞不好是我們學校的學生認識的人。」

聽我這麼一說，周遭的兩、三位老師都笑道：「怎麼會呢。」

只有村橋一臉嚴肅，「不，這種情況也不無可能。」接著他又說，「果眞如此，那種學生就該立即退學。」語氣一如往常地冷酷。

今天放學後我還是決定趕緊回家，昨天的花盆事件仍盤旋在我腦中。校外雖然不見得安全，總比在校內擔驚受怕來得好。只是我一連三天都沒去看社團訓練，明天得露一下臉。

看到我準備回家，麻生恭子走了過來，但我故意無視她。這樁婚事無疑是她飛上枝頭成爲鳳凰的機會，當然會在意我剛剛說的話。

混進放學回家的學生群中穿越校門，那一瞬間我感覺到一天終於結束了。今天精神上耗損得特別厲害，實在發生太多事情了。

從校門口走到S車站大約是五分鐘，一路上都能看見三三兩兩穿著藍裙白上衣的學生。不過我只能和她們走到半途，因爲突然想起得去體育用品店一趟，我轉進小巷。

穿過社區，沿著車流量較大的馬路往前走，就會抵達那家店。那裡是本縣少數幾家販賣射箭用具的體育用品店。

「清女的射箭社有沒有進步一點？」老闆一看見我便這麼問。

從我來這裡任教時我們便有往來，老闆的年紀大概長我三、四歲。以前他似乎也玩過曲棍球，所以身材雖然不高，體格倒是勻稱健壯。

「始終無法更進一步，大概是教練太差勁了吧。」我苦笑著回答。

「杉田同學怎麼樣？聽說她進步得很快。」

他竟和校長說一樣的話，看來唯獨小惠的名聲傳得很廣。

「還行，只是不知道能精進到什麼程度，要是能再多訓練一年就好了。」

「也是，她都三年級了。所以，這是她最後的機會嘍？」

「可以這麼說。」

閒聊之際，我買齊了東西。離開後我看了一下手表，大約花費二十分鐘。九月的秋老虎天氣，熱得我一邊鬆開領帶，一邊循著原路往回走。卡車經過揚起的塵土黏在身上，讓人更不舒服。

快到轉角時，我停下腳步，因爲我看見那輛停在路邊的機車。不，說得更明確些，我還記得那個跨坐在機車上的年輕人。黃襯衫、紅色安全帽，沒錯，就是白天那三個年輕人當中的一人。而且站在那名年輕人身旁說話的，居然是清華女中的學生。我瞄了眼那名學生，爲了改變形象而剪短的髮型令人印象深刻。

那是高原陽子。

對方似乎發現我正注視著他們，陽子露出有點詫異的表情，隨即假裝不認識我，轉過身去。我並不喜歡在校外告誡或命令學生，不過遇到這種狀況，總不能佯裝沒事一走了之。我慢慢走上前，陽子還是背對著我，騎車的年輕人似乎在安全帽下睜大眼睛瞪著我。

「你們認識嗎？」我朝著陽子的背影問。

然而她毫無反應，反倒是年輕人問陽子說：「這傢伙想幹麼？」

那聲音意外地孩子氣，大約是高中生的年紀吧。

陽子背對著我，冷冷回答「他是我們學校的老師」。聽到這句話，年輕人安全帽下的表情似乎跟著一變。

「原來是老師！所以跟白天那些傢伙是同夥嘍？」

「白天那些傢伙」應該是指村橋他們，看來年輕人餘恨未消，話語中充滿火藥味。

「說話不要那麼沒水準，會害我被誤會跟你一樣沒水準。」陽子像是在責備對方，高亢尖銳的話聲一下子便壓制年輕人的氣焰。

「可是……」年輕人的話語消失在安全帽中。

「好了，你可以走了。你要說的我都知道了。」

「那妳肯考慮看看嘍？」

「我會考慮的。」

兩人結束意義不明的對話後，年輕人用力踩下油門，看了我一眼，怒吼：「替我警告白天那些傢伙，我記住他們了！」

他發出巨大的噪音和廢氣飛馳而去。

「他是妳的朋友嗎？」

陽子看著揚長離去的機車形跡回答：「他是我的機車車友，腦袋不好就是了。」

「機車？妳也騎機車嗎？」我訝異地反問。

校規當然禁止騎車，她卻毫不在意地說：「騎呀。今年夏天考上駕照後，就讓我那個笨蛋爸爸買車給我到處騎了。」

充滿挑釁的口吻，她的嘴角還浮現笑意。

「妳不是討厭沒水準的說話方式嗎？」這句話又讓她的嘴角咧開了，她冷冷表示：「我無所謂，隨你去跟村橋他們報告好了。」

「我不會跟他們說，只是萬一被發現，妳會被退學。」

「也許那樣更好。反正我們常在這附近走動，總有一天會被看見吧。」

她那種自暴自棄的態度讓我不知如何是好，只能說出這樣的話：「畢業之前，妳就忍一下吧。畢竟只需要再忍耐一段時間，不是嗎？畢業之後，妳愛怎麼騎都行。對了，到時候也讓我騎騎看，感覺肯定很棒吧！」

然而陽子的表情沒變，甚至杏眼圓睜，瞪著我應道：「這不是老師會說的話吧。」

「高原……」

「算了，不要管我。」說完，她快步離去。走了幾十公尺她又停下腳步，回頭對著我說：「老師明明不關心我！」

那一瞬間，我的心深深下沉，沉重到連腳步也移動不了，只能茫然望著陽子奔離的背影。

「老師明明不關心我。」

這句話不斷在我腦海浮現又消失。

不知不覺間，夕陽已逐漸西下。

第二章

1

九月十二日星期四，第六堂課，三年B班教室。

微積分是高中數學最後的難關。微積分學不好，數學就無法成爲考大學時的得分武器。不知是不是我的教法有問題，到現在她們的微積分考試，全班平均從未超過五十分。

在黑板上寫下複雜的解題算式時，偶爾我會回頭看看學生，只見一個個臉上都是虛無的神情。一年級、二年級時她們多少還會抱怨「爲什麼非得學這種東西不可？」、「數學根本一點用處都沒有」，表達反抗的態度，可是升上三年級，她們似乎察覺那些都是毫無意義的疑問，於是臉上都掛著「算了，老師高興怎麼教就教吧」的表情，彷彿已看開。

看著她們露出那種表情，我的視線飄到最左邊那排第四個座位的小惠身上。小惠托著臉頰凝望窗外的景色，不知她是在看別的班級上體育課，還是眺望對面的住宅區？總之，很少看見她這副樣子，在我教的班上她算是認眞聽講的學生。

總結今天的上課內容後，下課鈴響。學生的表情瞬間亮了起來，充滿活力。我是個絕對不會延長上課時間的老師，於是說聲「今天就上到這裡」便闔上課本。

「起立，敬禮！」班長的口令十分宏亮。

我走出教室沒幾步，小惠追了上來。

「老師，你今天會來吧？」她的語氣和昨天不一樣，有點質問的意味。

「我是有那個打算。」

「打算……還不確定嗎？」

「不，確定。」

「那就說定了。」

說完，小惠轉身快步走回教室。我隔著玻璃窗目送她的背影，只見她走近朝倉加奈江出聲搭話。加奈江是射箭社的副社長，兩人大概是在討論訓練事宜吧。

一回到辦公室，就看見鄰座的村橋抓著年輕的藤本老師說話。我無意偷聽，但他的話聲還是會傳進耳裡。原來是他剛才臨時舉行小考，結果慘不忍睹，不免抱怨連連。

村橋喜歡抱怨，也常常抓我當他的聽眾。抱怨的內容各式各樣，包含學生成績不好、校長不明事理、薪水太少等等，唯一的共通點是，他總不忘說後悔當了女子高中的教師。

村橋畢業於故鄉的國立大學理學院研究所，跟我一樣是數學教師。年紀大我兩歲，不同的是，他一畢業就當教師，教學經歷很長。只不過任教期間他多次想回大學，據說他原先是想成爲大學教授，因爲沒當上才來當高中教師，看來應該是無法放棄曾有的夢想吧。然而他的野心一再受挫，如今對於回到大學這件事似乎也放棄了吧。

在數學教師聯誼會上，他曾跟我提起此事。

「我呢，壓根就沒想讓學生聽懂我的課。」

村橋有些醉了，帶著酒臭味的氣息拂過我耳畔。

「剛成爲教師的時候，我當然也很有幹勁，想讓所有學生都能理解難懂的數學。可是沒用啊，沒用。不管我再怎麼悉心解說，她們連十分之一都無法聽懂。或者該說，她們根本不想聽懂，打從一開始就什麼也沒聽進去。起初我以爲問題出在學生缺乏學習意願，只要她們有意願就能學好，我實在太天眞了。」

「不是學習意願的問題嗎？」

「不是、不是，當然不是。她們的頭腦只有那種程度，根本沒有理解高中數學的記憶體。就算想搞懂，也學不會。對她們而言，聽我的課就像是聽外國老師上課一樣，想搞懂的戰鬥意識自然薄弱許多。仔細想想，她們眞是可憐，聽得一頭霧水，還得乖乖坐在位子上五十分鐘。」

「可是，她們之中也有聽得懂的學生吧？就我所知，有兩、三個學得很好。」

「當然有，但三分之二的人都是垃圾，或許該說，她們根本不具備理解數學的頭腦。我倒是覺得從高二起就該將所有科目改爲選修制，硬要訓練雞在天空飛是不可能的事嘛！如果學生有實力、有意願選修數學，就可以針對她們好好調教，這樣不是很好嗎？更何況，高尙的數學教給那群笨蛋，只會降低數學的價值，你不覺得嗎？」

「這個嘛……」我苦笑著拿起酒杯。

我既不覺得數學高尙，也從未思考過村橋說的那種教育制度。因爲對我來說，教學不過是一種賺錢的手段罷了。

村橋扶正金框眼鏡，繼續說：「擔任女子高中教師就是我失敗的開始。就算人家再怎麼說這是職業女性的時代，大部分的女性還是一結婚就走入家庭。我們學校有幾個學生將來會想進入一流企業、培養超越男人的實力，出人頭地呢？幾乎所有的學生都想進入可以玩到畢業的短期大學或女子大學，當個粉領族上幾年班，一旦找到好對象就趕緊結婚。對這種學生來說，她們上高中不過是來玩的，我卻認眞教她們學問……只要想到自己是爲了什麼讀到研究所畢業……就愈怨恨自己的人生！」

說到一半他變得有些激動，說完像是借酒澆愁般一飲而盡。他平常雖然愛抱怨，卻沒有如此失態過。

「我一說要臨時小考，她們就吵個不停，可是遇到期中考、期末考，她們又認眞準備過嗎？根本是群無可救藥的傢伙，我連跟她們生氣都懶了。」

村橋留意著自己梳得整齊的旁分頭髮有無凌亂，一邊喋喋不休地跟藤本交談。趁著還沒被逮到，我趕緊拿著運動服走出辦公室。

我一向都在體育館後方的教師用更衣室換衣服。那是水泥磚蓋的五坪小空間。室內同樣以水泥磚砌成隔牆，分爲男用和女用更衣室。由於是倉庫改造而成，女用更衣室的出入口設在小屋後面，原先大概是窗戶之類的開口。

雖說是教師用，但因爲體育老師有專用的更衣室，只有體育老師以外的運動社團顧問會用到這裡，而且幾乎沒有顧問會實際參與社團練習，結果會利用這個更衣室的，男女加起來僅有幾位老師而已。由於練習日錯開，常常一整天只有我會用到這裡。

我一換好衣服，藤本進來了，一邊嘆氣一邊露出苦笑。他是網球社的顧問，今天只有我和他使用這間男用更衣室。

「村橋老師的訓話又臭又長，眞是受不了！」

「他可是靠抱怨來解除壓力的。」

「眞不健康，他爲什麼不運動，釋放壓力？」

「因爲他是知識分子（intelligentsia）啊。」

「我看是歇斯底里（hysteria）吧？」

聽完藤本開的玩笑，我笑著走出更衣室。

射箭靶場位於運動場沿著教室大樓外圍轉彎那頭，通常我習慣從教室大樓後方走過去，考慮到日前發生的花盆事件，我今天刻意避開那條路。

清華女子高中成立射箭社是在距今恰好十年前，起初只是引進爲體育課程。不像日本弓道中規中矩，射箭帶有遊戲的性質，比較容易爲現代學生接受，兩、三年後便升格爲社團，負責引進的老師也成爲社團顧問。之後由於色彩繽紛的運動服、優雅的動作，加上不如網球、排球等運動耗費體力，每年都吸引許多新生加入。目前已成爲清女屈指可數的大型社團。

我一到職就被命令擔任射箭社的顧問。固然是因爲我大學四年參加射箭社的成績獲得肯定，我個人正好也想再次接觸射箭，便順水推舟地答應了。

自從我擔任顧問以來，總算把射箭社調教出一點氣候，能夠參加正式比賽。目前戰績還算差強人意，但因爲擁有小惠、加奈江等資質不錯的選手，假以時日肯定能夠嶄露頭角。

一到弓箭練習場，社員已做完暖身運動，圍成一圈。社長小惠正在下達指示，大概是今天的練習內容吧。

解散後，她們便從五十公尺的距離開始練習射箭，跟往常的練習沒什麼兩樣。

「老師總算來了。」小惠走上前來，「前幾天蹺班，今天得好好補回來才行。」

「我哪有蹺班！」

「眞的嗎？」

「眞的，倒是妳們練習得如何？」

「還是老樣子，沒什麼突破。」小惠誇張地皺起臉說：「這樣下去，今年恐怕還是沒希望。」

她指的是一個月後縣際大賽的個人項目，成績優秀者可以代表縣參加全國大賽。可惜清華女子高中的實力不夠，社團成立以來尚未有人完成這項壯舉。根本排不上名次的成績，只會讓人感覺距離全國大賽的路途很遙遠。

「妳怎麼說這種話？這是妳最後的機會了。」我想起昨天和校長的談話，以及和運動器材店老闆的閒聊。

「我也想突破現狀呀。」小惠老成地說完這句話，回到五十公尺射程的發射線位置。看來在預賽之前，她們打算只練習半場的比賽項目。

射箭比賽項目分爲全場和半場。所謂的全場，男子須進行九十公尺、七十公尺、五十公尺、三十公尺，女子須進行七十公尺、六十公尺、五十公尺、三十公尺，各三十六射，合計一百四十四射，根據總分排名。半場則是男女根據五十公尺、三十公尺，各三十六射，合計七十二射的總分排名。靶面結構是中心爲十分的圓，外面是九分的範圍，更外面是八分的範圍，一直到一分。換句話說，全場比賽的滿分是一千四百四十分，半場比賽的滿分是七百二十分。

全國大賽是全場賽，縣際大賽則是半場賽。這是考慮到參賽人數較多，舉行全場比賽恐怕會花太久的時間。所以清女的射箭社暫時以縣際大賽爲目標，徹底練習五十公尺和三十公尺的射箭。

我站在一字排開練習射箭的學生背後，觀察每個人的射箭動作、進步程度等等。有的人射法充滿爆發力，有的人則是中規中矩，既有男性化的射法，也有女性化的射法。我教她們的明明是同樣的內容，並給予同樣的指導，不知不覺間她們的射法卻都各具特色或毛病。本來這不是什麼壞事，偏偏清女射箭社的特徵是，那些獨具個性或毛病的射箭方式鮮少能往好的方向發揮作用。

不論就技術面還是力道來看，小惠的狀況算是比較穩定。副社長加奈江雖然進步不少，要拚進全國大賽仍有困難。

一年級學生每個都差不多，只會拿起弓箭就射。要她們思考過再射箭，似乎是強人所難的要求。

其中宮坂惠美的眼神又顯得考慮太多。到把箭架在弓弦上爲止都還好，她就是遲遲不敢放箭。一旦瞄準目標，她的身體就會發抖，就算我離這麼遠也看得出來。

我一開口，惠美彷彿受到驚嚇般抬起頭。看得出她瞬間屏住呼吸，吐出一口氣後，她才說：

「怎麼了？害怕嗎？」

「一直到最後……我還是很猶豫。」

我能理解這種狀況，畢竟每個人都有過類似的經驗。

「這只是一種運動，不要想得太嚴重。害怕的話，閉上眼睛再射出也可以。」

於是她小聲回答「是」，慢慢又拉起弓箭。瞄準、拉弓，她閉上眼睛後放箭。射出去的箭偏離中心點，刺在箭靶上。

「很好。」我稱讚道。

小惠神情凝重地點點頭。

練習完五十公尺和三十公尺的射程後，有十分鐘的休息時間，我走到小惠身邊。

「妳不是說大家的程度差強人意嗎？」

「我就是不太滿意嘛。」小惠臭著臉說。

「其實比我想像中要好些，妳不必太失望。」

「那我呢？」

「還不錯，比集訓時進步。」我才應完，站在一旁的加奈江立刻冷言冷語地說：「小惠有老師送的護身符，所以進步神速。」

「護身符？」

「討厭！加奈江，不要亂說！」

「什麼？我不記得給過妳那種東西。」

「其實也不是什麼東西啦，是這個。」小惠從繫在腰上的箭袋取出一支箭。

她給我看的是一支特別訂製的黑色羽毛個人用箭。我有印象……不對，那明明是我之前愛用的箭。

每個弓箭手都有自己愛用的箭。長度、粗細、手感、羽毛的角度等，可根據個人的射法、體力加以選擇。甚至連箭桿的顏色、羽毛形狀、色彩和花紋都能配合個人喜好訂製。根本不可能會有選手同時擁有形狀、設計相同的箭。

以前使用的箭耗損嚴重，前陣子我訂製了新箭。當時小惠說要我用過的舊箭，我就順手給了她一支。幾年前起，射箭選手之間流行在個人用箭中放置一支不同的箭作爲裝飾，當成幸運箭。

「噢，妳是指有了那支箭，成績會變得比較好嗎？」

「湊巧啦，我只是最近運氣好一點吧。」

小惠將幸運箭放回箭袋。她的箭長是二十三吋，我的箭長是二十八點五吋，所以只有一支箭顯得特別突出。

「眞好！我也想要一支帶來好運的箭。」由於加奈江一臉羨慕，我只得回應：「好，我就放在社辦，妳自己挑一支喜歡的吧。」

原本只有十分鐘的休息時間延長到十五分鐘後，才又重新開始練習。我看了一下手表，此刻是五點十五分。

下半段的訓練內容是重量訓練、柔軟體操和跑步。好久沒有陪她們練到最後，跟著跑四百公尺的操場五圈後，胸口還眞是難受。跑到一半網球社也加入，擔任顧問的藤本陪著一起跑，不過感覺上是他拖著球員在跑。

「眞是難得，前島老師跟著跑步。」他的話聲聽起來不像正在跑步，呼吸節奏十分穩定。

「偶爾啦……可是……眞是累人啊。」我上氣不接下氣地應道。

「我先走了。」藤本說完就逕直前進，我目送他的背影，感覺他根本是另一種生物。

跑完步回到靶場，隨即做緩和運動。然後大家圍成一圈，公布各人得分，並由社長、副社長提出反省的要點。小惠的發言中規中矩，下達一點都不像她風格的指示。畢竟她不能像平常一樣在眾人面前耍嘴皮子吧。

結束練習後，我看了一下手表，剛過傍晚六點。近來白天似乎變短了些，但這會天色還滿亮的，能看見遠方的網球場。網球社的練習時間一直都比我們長。

「今天辛苦了。」

回更衣室途中，小惠從後面追上來跟我說話，腰上仍繫著箭袋。

「我也沒做什麼，不會辛苦。」

「只要有老師在旁邊就夠了。」

小惠的這句話聽得我心頭一驚。一向活潑的語氣蒙上了一層陰影，更增添幾許真實的況味。

「是嗎？」我故意裝出輕鬆的口吻。

聊了一下練習的話題，感覺小惠有點心不在焉，不久我們便抵達更衣室前面。

「老師明天也會來吧？」

「我盡量。」

面對我的回答，小惠露出不滿的表情，隨即轉身離去。說不定是想趁著天色還亮，多練習一下。聽著她箭袋裡的箭配合腳步發出「卡啦卡啦」的聲響，我推開更衣室的門。

咦？有點奇怪，理當順勢打開的門動也不動。我更加用力推，情況依然沒變。

「怎麼了？」

或許是看到我站在門口遲遲沒進去，小惠折回來。

「門打不開，大概是被什麼卡住了？」

「那就怪了。」小惠側著頭繞到更衣室後方。我不斷敲打門板、提高門板，門板仍文風不動。不久，小惠急匆匆地回來報告：「老師，門內側頂著一根棍子。我從後方的通風口看到的。」

「頂著棍子？」我納悶地跟著小惠來到更衣室後方。通風口是個三十公分見方的小窗，上面釘有鉸鏈，對外打開約三十度角。在小惠的指揮下，我湊上前窺探。裡面有些昏暗，必須定睛細看才能分辨景象。

「果然沒錯。問題是，誰會做這種事？」我從通風口移開臉，這麼問道。小惠聽了，直盯著我說：「還會有誰，不就是裡面的人嗎？」

「裡面的人？」

我正想反問小惠是什麼意思，頓時恍然大悟，大叫一聲「啊」。小惠說的沒錯，要用棍子頂住門，當然只能從裡面。

女用更衣室的門上了鎖，我們再次回到男用更衣室門口，用力敲門。

「誰在裡面？」不管怎麼叫喊，就是沒人回答。

我和小惠互看一眼，感覺情況不太對勁。

「看來，只能破門而入。」

小惠點頭贊同我的提議。我們一起撞門。撞了五、六次後，門板上方發出破裂聲，緩緩往房內倒下。伴隨砰然巨響，塵埃漫天揚起，我們跟著跌倒，小惠的箭散落一地。

「老師，裡面有人……」

聽見小惠大叫，我看見室內角落倒著一個穿灰色西裝的男人。因爲就在通風口下，剛才看不見。我對那套灰色西裝有印象。

「小惠……快去打電話！」我呑了一口口水，這麼交代小惠。她緊緊抓住我的手臂。

「打電話……打去哪裡？」

「醫院，不，還是先報警吧……」

「人死了嗎？」

「應該吧。」

於是小惠放開我的手，從壞掉的門走出去，不過幾秒後她一臉蒼白地返回詢問：

「那是誰？」

我用舌頭潤了一下嘴唇，回答：「村橋老師。」

小惠睜大眼睛，一語不發地跑了出去。

2

早就過了放學時間，還是有許多學生留在學校。儘管校方不斷廣播要大家趕緊回家，她們仍不肯離去。更衣室附近擠滿看熱鬧的人。

小惠去打電話報警時，我站在更衣室被破壞的門口。我當然沒有膽量盯著更衣室內的景象，面向門外站著。不久，藤本帶著笑容出現，印象中他說過「流了很舒服的汗」之類的話，我記得不是很清楚，或許該說我沒聽見。

我結結巴巴地說明情況。第一次說不清楚，第二次重複同樣的話語，最後我乾脆讓有聽沒有懂的藤本直接看更衣室內的景象。

藤本發出無聲的尖叫，我發現他的手指在顫抖。奇妙的是，看著他那驚嚇的表情，我反而平靜下來。

於是我將他留在現場，趕緊去通知校長和教務主任。那是距離現在約三十分鐘前的事了。

眼前有許多調查人員來來回回走動。他們仔細翻遍更衣室的每一個角落，我不禁納悶這麼狹小的建築物有什麼好調查的？他們不時低聲交談，我無法聽見。站在一旁觀察的我只能緊張兮兮地想像他們的談話內容。

終於有一名調查人員向我走來。對方約三十五、六歲，是身材高大、體格壯碩的男子。

除了我之外，一旁還有小惠、藤本和堀老師。堀老師是教國語的中年女老師，也是排球社顧問。她是少數會使用這間女用更衣室的老師之一。根據警方訊問，今天使用女用更衣室的只有堀老師一人。

「我想請教一些事情……」那名刑警說，語氣平穩但目光銳利，充滿警戒心。他的眼神令人聯想到聰明的獵犬。

訊問在學校的會客室進行，似乎是要分別訊問我、小惠、藤本和堀老師。第一個被點名的人是我，或許因爲是我發現屍體的，倒也理所當然。

走進會客室後，我坐在刑警對面的沙發上，那名刑警自我介紹姓大谷。他旁邊坐著一名負責記錄的年輕刑警，對方沒報上姓名。

「你是什麼時候發現屍體的？」

這是第一個問題。大谷刑警露出探詢的眼神看著我，當時我並未想到今後會多次見到這個男人。

「因爲是在社團練習結束後，我想是六點半左右吧。」

「噢，什麼社團？」

「射箭社，又叫西洋弓箭社。」回答時，我心想這有什麼關係嗎？

「原來如此，其實我也學過弓道……這無關緊要。能不能詳細描述你發現屍體的情況？」

我盡可能正確說明社團練習結束後發現屍體，到通知各方的經過，尤其是有關更衣室的門被棍子頂住的情況，更是詳加描述。

聽完我的說明後，大谷雙手抱胸，陷入沉思。

「那道門是否很用力也推不動？」大谷問。

「是的，我也試著敲打過。」

「還是打不開，所以你決定撞開嗎？」

「沒錯。」

大谷神色不太高興地在記事本上寫字，接著又不太高興地問：「村橋老師使用過那間更衣室嗎？」

「倒是沒有，因爲村橋老師沒擔任運動社團的顧問。」

「所以平常不會使用那間更衣室的村橋老師，卻在今天進入更衣室……這是怎麼回事？前島老師，你有什麼看法？」

「關於這一點，我也覺得很奇怪。」我老實說出自己的感想。

之後大谷問我是否注意到最近村橋比較不一樣的地方，我先說明村橋自視甚高的性格和身爲生活輔導組主任的嚴格舉動後，才以「我不覺得他最近有什麼特別不同之處」作結。

大谷露出有些失望的神情，但他似乎一開始就沒抱持太高的期待，只是點頭說聲：「這樣啊。」

「對了，或許跟這起案件沒有什麼關聯……」他接著改變話題，「看過更衣室後，我有些疑問，可否請教你？不是多困難的問題，只是一些細節。」

大谷向旁邊的年輕刑警拿了一張白紙，放在我面前，隨意畫下應該是更衣室示意圖（見六十七頁）的長方形。

「我們到達的時候，現場是這個樣子。當然，頂門棍已移開。」

我看著那張圖點點頭。

「我想問的是，女用更衣室上了鎖，那男用更衣室呢？平常沒上鎖嗎？」

這一點我和藤本有點難回答，因爲這答案只會顯示我們平常有多懶散。

「原則上是要上鎖的。」我故意答得含糊。

「你說『原則上』……是什麼意思？」

「其實我們沒有上鎖的習慣，因爲去工友室拿鑰匙開門再送回去太麻煩，而且到目前爲止沒有掉過東西。」後面那句話聽起來像在辯解，我自己也很清楚。

「原來如此，那村橋老師也可以自由進出嘍。」

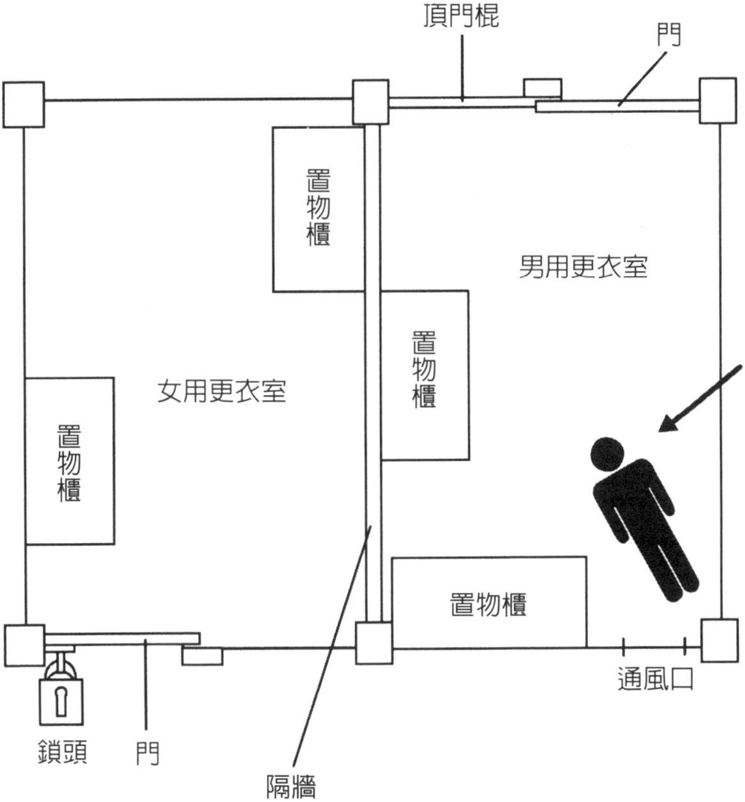

更衣室示意圖

大谷的語氣輕鬆，但言下之意似乎在怪罪出事原因跟門戶不嚴有關，我不以爲然地聳聳肩。

「可是男用更衣室沒上鎖，就算女用更衣室鎖得再牢也毫無意義，不是嗎？」

大谷的質疑倒也合理。前面提過，更衣室中央有一道水泥磚牆，將室內分爲男用和女用兩個空間。但那道牆並非是從地板連接到天花板上，上方有五十公分的縫隙作爲通風用。換句話說，只要有心就能從男用更衣室翻牆入侵女用更衣室。

「事實上，之前女老師曾要求男用更衣室也要上鎖，但就是難以徹底實行……這次出事，我們是該留意了。」沒想到在這種情況下，我不得不說出正經八百的答案。

「對了，那根頂門的木棍，以前就放在裡面嗎？」

「沒有。」我搖搖頭，「從來沒看過。」

「所以是有人帶進去的？」

聽到這句話，我不禁睜大眼睛看著大谷。

「有人」是什麼意思？除了村橋，還會有誰？但大谷神情自然，彷彿對自己的說法不以爲意，還像突然想到什麼似地抬頭問：「不好意思，我換個話題。村橋老師似乎是單身？」

「嗯……是的。」

「他有沒有意中人？你知道嗎？」

大概是提起這種話題時的習慣，大谷臉上露出諂媚的笑。我感覺不太舒服，仍僵著臉回答：

「我沒聽說過。」

「那他有沒有較常往來的女性朋友？」

「我不知道。」

「是嗎？」

不知何時，他臉上諂媚的笑容不見了，取而代之的是不滿意的眼神，好似在說：我不認爲你撒謊，但我也不認爲村橋沒有情人。

「請問村橋老師的死因是什麼？」趁著對話中斷的空檔，我提出疑問。

大谷似乎有點措手不及，他隨即簡單回答：「氰化鉀中毒。」

聽完之後，我不發一語。畢竟那是耳熟能詳的毒藥名稱。刑警接著說：「屍體附近有一個紙杯，約莫是餐廳自動販賣機裝果汁的紙杯。我們認爲可能是杯裡混有氰化鉀。」

「會是自殺嗎？」

我提出從剛才就很想提出的疑問，大谷的神色變得十分嚴肅。

「這是很有力的假設，不過現階段我什麼都不敢斷言。當然，我也希望他是自殺。」

照他這說法，我直覺認爲這名刑警認定是他殺。至於有何根據，就算我現在問他，他也不會回答吧。

大谷最後的問題是，最近有沒有發生什麼奇怪的事？

「就算是跟村橋老師沒有關係的事也可以。」

我不知道該不該跟這名刑警說出自己遭人暗算的事，實際上第一眼看到村橋的屍體時，我腦海浮現可怕的念頭：他該不會是我的替死鬼吧？

「我的生命也遭到威脅。」這句話湧上喉頭，但一看到大谷那雙令人聯想到獵犬的眼睛，我又吞了回去。因爲我想避免讓這個嗅覺敏銳的男人在身邊聞東聞西，而且我和校長之間有約定。

我只回答：「如果想到什麼，我會通知警方。」

擺脫刑警走出會客室時，不知爲何我竟大大鬆了一口氣。感覺肩膀繃得很緊，也許是太緊張了吧。

小惠和藤本他們在隔壁房間等待。一看到我，三人彷彿放下一顆心，迎了上來。

「好久喔，刑警都問了些什麼？」小惠擔心地詢問，不知她什麼時候換上了制服。

「問了很多，我只能據實回答。」

還想繼續追問的三人，表情突然變得僵硬，原來是剛剛在大谷身邊負責記錄的年輕刑警出現在我身後。

「麻煩杉田惠子小姐進來。」

小惠不安地看著我。我默默對她點頭，她也點頭，堅定地向刑警應一聲「好」。

小惠進會客室時，我向藤本和堀老師大致說明刑警的訊問內容。聽我說明之際，兩人臉上的不安漸漸消失，大概是認爲案情不會牽涉到他們吧。

不久之後小惠回來了，她緊張的表情也緩和了不少。接下來是藤本，最後被叫進去的是堀老師。

堀老師出來時已過八點。確定今晚警方不會再找我們問話，四人便一起回家。我根據路上彼此的交談，整理出他們三人接受訊問的內容。

小惠是發現屍體的人之一。她所描述的發現屍體時的情況，和我幾乎一致，只不過她還負責聯絡警方。

藤本是最後使用更衣室的人，才會被警方找去。刑警訊問的重點在於，他換衣服時和發現屍體時，更衣室內有沒有異狀？他的回答是「沒發現哪裡不對勁」。

警方對於堀老師的詢問，九成跟門鎖有關。什麼時候開鎖進去？什麼時候上鎖離開？鑰匙放在哪裡保管？堀老師回答：「放學後我立刻去工友室借鑰匙，下午三點四十五分開鎖進入更衣室，四點左右上鎖。鑰匙一直都在我身上。」

當然，這段期間沒有任何人出入，也沒聽到男用更衣室傳出什麼聲音。藤本是在下午三點半左右離開更衣室，在這方面她的話應該可信。

另外，堀老師還提供證詞，「女更衣室的部分置物櫃是溼的。」那是在入口附近的置物櫃，警方似乎也發現這一點。

除了這些之外，三人被問到兩個相同的問題。一是對於村橋的死，有沒有想到什麼不尋常的地方？二是村橋有沒有情人？三人都回答「沒有，也沒有留意到他是不是有情人」。我無法理解的是，大谷爲什麼那麼在意「情人」這個問題？

「應該是辦案常用的手法吧？」藤本的語氣聽來很輕鬆。

「或許吧，但我就是覺得他過於在意。」

沒人能回答我的疑問。四人沉默地往校門口走去。那些看熱鬧的學生，不知何時都消失了。

突然間，堀老師冒出一句：「那個刑警該不會認爲村橋老師是被人殺害吧？」

我不禁停下腳步看著堀老師的側臉，藤本和小惠也跟著停步。

「爲什麼這麼說？」

「我不知道……我只是有這種感覺。」

這時藤本冷不防大聲說：「果眞如此，那就是密室殺人，這下可就充滿戲劇性了。」

他故意說得很誇張，其實不想認眞考慮他殺可能性的心情和我是一樣的。來到校門口，藤本和堀老師跟我們道別，因爲他們都是騎腳踏車通勤。我和小惠對望一眼，深深嘆一口氣，慢慢繼續往前走。

「好像在作夢。」小惠邊走邊說，顯得無精打采。

「我有同感，不像現實生活中發生的事。」

「村橋老師眞的是自殺嗎？」

「這個嘛……」

儘管我含糊其詞，內心卻認爲他應該不是自殺。村橋不是會自殺的人。再怎麼說，他都屬於那種寧願傷害別人也要堅持活下去的類型，應該只有他殺的可能。

我想起剛才藤本提到的「密室」一詞。的確，更衣室成了一間密室，但是否眞如前人創作的各種「密室殺人」，這次的案件也隱藏了某種詭計？這麼說來，對於密室這一點大谷刑警似乎有些大意。

「可是，眞的有頂門棍吧？」

「的確有，妳不也知道嗎？」

「話是沒錯……」小惠還是一副若有所思的樣子。

走著走著，我們來到車站，她必須搭上和我反方向的電車回家。過了剪票口，我們便各自前往月台搭車。

我抓著電車上的吊環，望著流過車窗外的夜景，思索村橋的死。前不久還在我身邊毒舌抱怨的男人，如今已不在人世。說起來，人的一生就是這樣吧，生命的結局確實說來就來，不留一絲存活過的餘韻。

但爲什麼村橋會死在更衣室？就算是自殺，也不像是他會選擇的地點。萬一是他殺的話，又該怎麼解釋？對凶手而言，更衣室比較方便嗎？還是，有什麼原因讓凶手必須在更衣室犯案？

想著這些疑點時，電車已到站，我移動著不穩的腳步踏上月台。感受到這雙腳的重量，我才發現自己是多麼疲倦。

從車站走回家，大約是十分鐘的距離。搬來這裡時我們才住進這幢公寓，兩廳兩房，因爲還沒有小孩，倒也算是寬敞。

我拖著沉重的腳步爬上樓梯，按下門鈴，好久沒有這麼晚回家了。

聽見門閂卸下、門鎖開啓的聲響後，大門才打開。

「你回來了。」裕美子的語氣和平常沒有兩樣，屋子裡傳來電視的聲音。換好衣服坐在過了正常時間的晚餐前，我的心情多少平靜了下來。我將案件說給裕美子聽，她吃驚地放下筷子問：「是自殺嗎？」

「這個嘛……還不知道詳情。」

「那看明天的報紙就會知道吧？」

「大概吧。」我雖然這麼回答，心裡卻想著「誰知道」？警方也無法立即判斷是自殺還是他殺吧？大谷刑警銳利的眼神浮現在我腦海。

「他的家人……應該很難過吧？」

「或許吧，還好他是單身。」

我在考慮是不是應該將自己的生命也遭人暗算的事告訴裕美子，卻還是說不出口。說出來只會嚇著她，一點好處也沒有。

那一晚，我根本難以成眠。不單是腦海不時浮現村橋的屍體，想到他的死究竟有何意義，也讓我神志愈來愈清醒。

村橋眞的是被人殺害的嗎？

殺害他的凶手到底是誰？

凶手和覬覦我生命的會是同一人嗎？如果是同一人，動機何在？

裕美子在我身旁發出規律的鼻息，素未謀面的丈夫同事之死，對她而言不過是社會新聞中的一則報導吧？

我和裕美子是在之前的公司認識的。她是個不愛化妝、不愛說話的純樸女孩。和她同期進公司的女性員工都熱中和單身男職員打網球、兜風，她卻幾乎沒和上司以外的男同事說過話。只有在端茶給我時，聊一、兩句而已。

「那個女孩不行，找她都不出來，就算來了也不好玩吧。」

時間一久，大家都開始這麼批評她，她也沒有機會參加年輕人的聚會。在那種狀況下，我開口約她「下班後一起喝杯咖啡吧」。原本以爲她一定會拒絕，沒想到她答應了，毫不猶豫的樣子讓我很驚訝。

在咖啡廳裡，我們幾乎沒有交談。頂多是我偶爾說幾句，她點點頭而已，至少她從未主動開口。然而，這時我才發現自己追求的，就是這樣能夠一起度過平靜的時間的伴侶。

於是我們開始交往。所謂的交往，也只是兩人坐在一起罷了，但我認爲那已是能夠讓兩人互相認識的交往了。

有一次，我問她：「我當初約妳出來喝咖啡，妳爲什麼會答應？」

她想了一下，回答：「跟你約我出來的理由一樣吧。」

或許不起眼的人會互相吸引吧。我辭去上班族的工作、擔任教師之後，我們仍繼續交往。除了和我之間的對話變多了之外，裕美子幾乎沒什麼改變。三年前，我們舉行了簡單的婚禮。

三年來，我自認兩人過著平凡的日子，實際上卻出了一次狀況。約莫是在結婚半年後，她懷孕了。

「妳會拿掉吧？」面對雙眸發亮前來報告喜訊的她，我不帶任何感情地反問。一時之間，她似乎無法理解我的意思，喜悅的表情頓時僵住。

「我們現在沒辦法養孩子。我就是考慮到這點，一直都很小心，怎麼會失敗呢？」

不知是我掃興的說話方式令她難過，還是「失敗」這字眼傷了她的心，只見大顆淚珠成串滑過她的臉頰。

「因爲最近經期不太順……可是，既然有了小寶寶……」

一聽到「小寶寶」三個字，更讓我歇斯底里了起來。

「不行就是不行。必須等有了養兒育女的自信以後才行，現在還太早。」那一晚她啜泣到天明，翌日我們便一起去醫院。不管醫生如何勸說，我仍堅決消滅那個小生命。

表面上的理由是經濟上不允許，其實不想爲人父才是我的眞心話。想到一個人出生後的人格形成會受到「自己」的影響有多大時，對於成爲父親的重責大任，我不禁有種近乎恐懼的感覺。

我不得不承認，這件事使我們之間產生了明顯的變化。她總是哭個不停，搞得那段期間我也很不快樂。之後的一、兩年，裕美子常常一個人在廚房一角發呆沉思，直到最近才變得開朗一些。對於這件事，她可能到現在都沒原諒我，我認爲那也是無可奈何。

不能再讓妻子過分操心——這是我目前的想法。

思考著這些事情，到了三更半夜我才昏昏欲睡，偏偏還作夢，精神上無法好好休息。夢中的我被一雙白手追趕，愈是想看清楚那是誰的手，畫面就愈模糊。

3

九月十三日。

「今天是十三日星期五。」出門時，裕美子看著月曆說，於是我跟著望向月曆。

「眞的耶。那放學後我還是早點回家比較好吧。」

大概是我的語氣太過正經，裕美子的表情有些奇怪。

在開往學校的電車上，我抓著吊環擠在人群中時，突然聽到背後有人談論「村橋……」，好不容易轉過頭，卻看見熟悉的學校制服。那三名學生，我認識其中一人，應該是二年級的學生。對方應該也認識我，只是沒有發覺我在場。

她們交談的聲音愈來愈大。

「老實說，妳們不覺得這樣最好嗎？從此耳朵可以清靜了。」

「無所謂，那種人我從一開始就當沒看見。」

「眞的嗎？我被村橋碎念過三次，要我修改裙子的長度。」

「那是妳的技術太爛了。」

「是嗎……」

「話說回來，光是少了那雙色瞇瞇的眼睛，妳們不覺得很好嗎？」

「嗯，那倒也是眞的。」

「擺出一副高級知識分子的樣子，其實骨子裡色得要命！」

「就是說嘛，明明就是超想要的樣子。我有個學姊胸部豐滿，他上課時不停偷瞄，害學姊不得不拿書擋著。結果，村橋那傢伙突然把目光移開。」

「好討厭！」

三個女孩無視周遭的目光，高聲大笑。

電車一到站，我便跟在她們後面下車。偷覷她們的側臉，每個人都極爲天眞無邪。萬一我死了，不知會被她們說成怎樣？我不禁害怕起少女的天眞無邪。

有關昨晚的案件，報紙上只有簡單的報導。

標題是：「女子高中老師自殺？」

加上了問號，表示警方尚未下結論吧。那篇報導只是簡單說明狀況，並沒有要大作文章的跡象，當然也沒有提到密室。感覺上就像是報紙上常見的死亡案件。

到了學校肯定會被問東問西吧……想到這裡，不知爲何心情變得很沉重，腳步也慢了下來。

打開辦公室的門，就看見藤本聚集了幾個人窸窸窣窣說悄悄話的樣子。聽他說話的人有長谷、堀老師等人。連麻生恭子也湊上去聽，我覺得有些奇怪。

一看到我坐下，藤本便離開長谷他們走過來。

「昨天辛苦了。」他小聲和我打招呼。臉上不見平日的笑容，但也未受昨天的驚嚇影響。

「那姓大谷的刑警又來了。」

「大谷刑警嗎？」

「是啊，說是要看一下工友室，應該是昨天的那名刑警吧。」

「噢……」

不用想也知道大谷調查工友室的目的，大概是要問女用更衣室上鎖的事吧。看來，那名幹練的刑警動作迅速，準備解決密室之謎了，這意味著警方比較傾向他殺的說法嗎？

上課之前，教務主任表示有話要說，說話方式還是嘮嘮叨叨，不得要領。簡單歸納一下，就是昨天發生的案件已全權交由警方處理，對媒體的發言則由校長和教務主任負責，其他人不要胡亂發表意見。另外，爲了避免影響學生的心情，大家要表現出身爲老師的剛毅態度。

教職員朝會結束後，各班導師隨即前往教室，因爲在第一堂課之前還有所謂的早自習時間。我今年沒有擔任導師，仍跟著他們一起出去。走出辦公室時，眼角餘光瞥見麻生恭子彷彿迫不及待地站了起來。門關上前，只見她去跟藤本搭話。看她一副認眞的表情，我直覺認爲應該跟昨天的事情有關。

我急著離開辦公室，是想先去工友室。我想知道大谷問了些什麼問題。

工友室裡，「老板」正在準備除草。那頭戴草帽、腰間繫著毛巾的打扮，看起來怪異卻很適合他。

「老板，早安。今天好熱。」我一打招呼，老板黝黑的臉頰便笑開回應：「是啊，好熱。」說話時他用毛巾拭去鼻頭的汗水。

老板在這所學校當工友十幾年了。他本姓「板東」，但幾乎沒有學生知道吧。他自稱四十九歲，不過根據他臉上密布的皺紋判斷，恐怕少說也將近六十歲了吧。

「昨晚眞是發生了不得了的事。」

「嗯，頭一次遇到那種事。活久了，果然會遇上許多情況。對了，聽說是前島老師您發現的？」

「沒錯，還被刑警問了一大堆問題。」

我一副閒話家常的樣子，企圖套他話。

老板應道：「早上刑警也來這裡了。」

沒想到如此容易上鉤。我佯裝驚訝，反問：「哦，刑警問了些什麼？」

「沒什麼大不了的，就是有關鑰匙的保管，像是外人可不可以不說一聲就拿去用之類的。我就回答，這是我的工作，當然會好好管理。」

老板工作認眞是眾所皆知的事。鑰匙保管方面也一樣。通常鑰匙都收在工友室深處的鑰匙保管箱，外面還加上堅固的鎖頭，老板隨身攜帶鎖頭的鑰匙。要借用更衣室鑰匙，得先在出借登記簿上簽名，老板確認過名字和本人相符才肯拿出鑰匙，相當嚴格執行。

「其他還問了什麼嗎？」

「唔，就是問有沒有備份鑰匙。」

「備份鑰匙？」我反問，心中已恍然大悟。

「就是更衣室上的鎖頭，刑警問我有沒有備份鑰匙。」

「然後呢？」

「當然有備份鑰匙啊。不然鑰匙弄丟了，不是會很麻煩嗎？於是刑警又問放在哪裡……實在有夠囉嗦，刑警就是刑警。」

老板拿舊報紙當扇子往臉上搧風，容易流汗的他夏天身上總是穿著一件汗衫。

「那你怎麼回答？」

「我回答放在備份鑰匙該在的地方。我問他是不是想知道保管在哪裡，那傢伙居然微微一笑，說『只要你保證絕對沒人拿得到，不說也無所謂』。那個男人眞是狡猾！」

的確很狡猾，我心想。

「刑警只問了這些嗎？」

「還有問哪些人借過更衣室的鑰匙，我查了一下本子，只有堀老師和山下老師兩個人。其實根本連查都不用查。」

堀老師和山下老師——使用女用更衣室的兩位老師。

「刑警問的就是這些了。前島老師，你很關心這件案子嘛？」

「沒有，也不是……」

大概是我問太多了吧，老板露出狐疑的眼神，要是讓他起疑心可不妙。

「因爲是我發現遺體的，當然會想知道警方如何辦案了。」說完，我便趕緊離去。

第一堂是三年B班的課。連平常不看報紙的她們都知道昨天發生的事了，或許是聽小惠說的。我知道她們正等著我談這件事，但我決定比平常更認眞上課。我一點都不想拿村橋的死當聊天的話題。

上課時，我偷偷瞄了一下小惠。昨晚道別時她的臉色很差，但今天早上似乎還好。雖然面朝著我，她的視線卻像越過黑板看著遠方，我有點擔心。

我出了些應用題，讓那些期待我脫稿演出的學生上台解題，我站在窗邊眺望操場。操場上有班級秩序井然地上著體育課。在女學生面前示範跳高標準動作的是竹井老師。他剛從體育大學畢業沒多久，目前也還是標槍選手，頗受學生喜愛，被取了「希臘人」的外號。因爲他投擲標槍時的嚴肅表情、隆起的筋肉，宛如希臘雕像。

正要將視線由體育課轉回教室內時，我的眼角餘光瞥見一個熟悉的男人身影。一個高大的男人，保持警戒的走路姿勢，是大谷刑警。

大谷走到隔壁的教室大樓後方，更衣室就在那邊。

我想他是要挑戰密室之謎吧。

大谷問了老板許多有關鑰匙管理的問題，換句話說，他認爲堀老師上的鎖被凶手以某種方法打開，然後又鎖上。至於是什麼方法，他還沒有搞清楚吧。

「老師……」就在這時，坐在旁邊的學生開口叫喚。原來是已在黑板上完成解題，見我始終看著窗外發呆，她才忍不住提醒我一聲。

「好，接下來開始解說！」我故意大聲說著，走上講台，其實腦子裡的思緒還無法完全轉換過來。

大谷現下在更衣室調查什麼？我很在意這一點。

上完課，我的腳步自然地往更衣室的方向移動，想再親眼看一次案發現場。

更衣室裡沒有人，外面拉起繩索，貼著「請勿進入」的紙條。我站在男用更衣室門口往內看，滿是塵埃的空氣和汗臭味，依舊跟以前一樣。室內有粉筆描繪出的村橋倒臥姿勢。明明只是一個輪廓，但一看到手臂的姿勢，當時的衝擊感又復甦。

我轉往女用更衣室的入口。原本掛在門上的鎖頭已不見，大概是警方拿走了。門有沒有被動手腳？我這麼想著，將門開開關關、抬高又放下。意外地，堅固的門似乎沒有任何異樣。

「沒被動手腳吧？」背後突然有人出聲，洪亮的嗓音似乎連我的肚腹也會產生共鳴。像惡作劇的小朋友被抓到一樣，我不禁縮了一下脖子。

「我們也到處調查過，雖然沒什麼能力就是了。」大谷摸著門說：「男用更衣室的門從內側被棍子頂住了。女用更衣室的門上了鎖。凶手到底是如何進去，然後又出去的？簡直像是推理小說的情節，眞是有趣。只是，你不應該對這種事感到有趣吧。」

大谷露出笑容。令人驚訝的是，他的眼裡也帶著笑意，眞不知他是說眞的還是假的。

「你提到凶手……也就是說，這案子是他殺，不是自殺？」我一問，他依然笑著回答：「是他殺，絕對錯不了。」

因爲他說得很有自信，於是我又問：「查到什麼了嗎？」

大谷回答：「找不到村橋老師自殺的動機。如果是自殺，不知他選擇這個地點的理由何在。就算是自殺，也沒必要搞成密室。以上這些理由，就是他並非自殺的首要根據。」

我剛剛就在想，實在不知這男人說的話有幾分認眞？

「那第二根據呢？」

「就是那個。」大谷指著更衣室裡面。說得更正確點，他指著男用更衣室和女用更衣室之間的隔牆。

「牆上有人爬過去的痕跡。上面本來布滿塵埃，但有一處疑似被什麼東西拭去了。我們認爲凶手是從男用更衣室翻牆到女用更衣室。」

「原來如此……可是，凶手爲什麼要那麼做？」

「應該是爲了逃脫吧。」大谷說得一派輕鬆，「也就是說，凶手先用某種方法打開女用更衣室門口的鎖頭，然後在男用更衣室和村橋見面。趁村橋不注意下毒殺害他後，在門後頂木棍，再翻越隔牆到女用更衣室逃跑。逃出之後，凶手當然又將門鎖好。」

聽著大谷的話，我在腦中想像凶手的行動。那的確是可行的方法，問題是凶手如何開鎖？

「沒錯，那就是讓我們頭痛的問題。」

儘管大谷那麼說，臉上卻看不出煩惱的神色。

「當時鑰匙在堀老師的手上，於是我們想到會不會有備份鑰匙？首先，如果是兇手自行打的備份鑰匙，就必須要有原來的鑰匙才行。因此，我們調查了兇手是否有可能從工友室拿出鑰匙……」

這時大谷似乎想起什麼，苦笑了一下，搔搔頭說：「那是板東先生吧？他一句話就推翻這種可能性。」

我暗自點頭，老板說的果然沒錯。

「難道不能利用鎖頭製作出備份鑰匙嗎？」

「有的可以、有的不行，不是有將蠟之類的東西融進去的製作方法嗎？但那種鎖頭並不適用。詳細理由我就不多說了。」

大谷從口袋掏出一根香菸叼在嘴上，隨即又慌張地收了回去，大概是想起這裡是學校吧。

「接下來，我們想到工友室保管的備份鑰匙箱，但板東先生堅持那不可能被帶出去。這麼一來，只剩以前借過鑰匙的人有嫌疑了。可是我們調查之後發現，除了堀老師和山下老師之外，沒有其他人了。而且那副鎖是第二學期剛換的，兇手不可能太早製作好備份鑰匙。」

「所以堀老師她們有嫌疑嗎？」我這麼一問，大谷趕緊搖手否定：「怎麼會，不管怎麼說，也不能這樣草率推理！現下我們正在調查兩位老師借出後，有沒有將鑰匙交給別人過？同時也在盤查附近的鎖店。」

大谷的表情依舊充滿自信，於是我試著說出心中想到的可能性：「但也不能只調查女用更衣室的門鎖吧？凶手或許是從男用更衣室逃跑的。」

大谷臉部肌肉絲毫不動，露出銳利的目光說：「你是指，那根木棍是從外面頂進去的嗎？」

「不行嗎？」

「不行。」

「比方用線綁住棍子，然後從門縫拉過去之類的……」

我才說到一半，大谷就開始搖頭。

「那是古典推理小說中才會出現的手法，可惜行不通。請問，要如何取出綁在棍子上的線？還有，用來頂住門的棍子是普通的木材，上面根本沒有纏過線的痕跡。更重要的是，用那種長度的棍子，就算是從內側頂住門都很費力，更別說是利用針線之類的遠距離操作，那是不可能的。」

「你說『那種長度的棍子』……跟長度有關係嗎？」

「太有關係了，超過必要長度的棍子頂住門後容易脫落。長度剛好的棍子最穩固，而且操作時毫不費力。這次的棍子是以四十五度角頂著門，應該需要相當大的力氣。事實上，棍子的前端和門板都凹陷了，也證明了這一點。」

「是這樣嗎……」

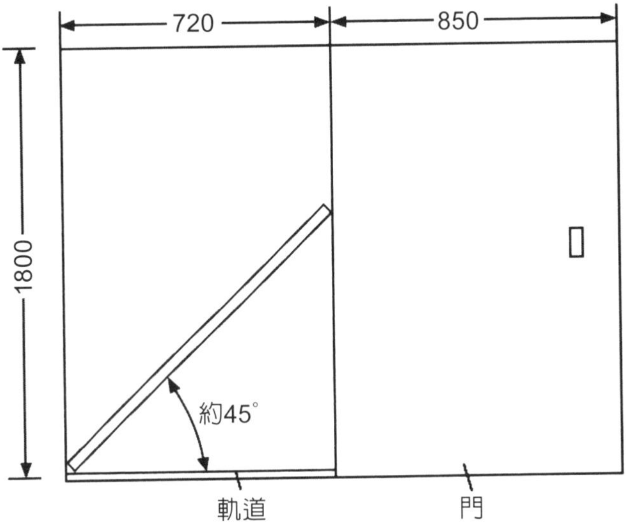

警方畢竟是專家，所以這點程度的事早就調查清楚了吧。

「從指紋方面不能解決一些問題嗎？」我想起電視上的推理劇又開口問。

但大谷搖頭說：「鎖頭上只有堀老師的指紋。門上倒是有很多人的指紋，但最新的指紋就是前島老師和藤本老師的。女用更衣室的門上也只採集到堀老師，以及另一位姓山下的女老師的指紋。棍子是古木了，聽說檢驗不出指紋。」

「這麼說來，是凶手擦掉了？」

「大概是戴著手套犯案，或是手指事先塗上膠水之類的東西吧。因爲凶手費盡心思，這點細節當然不會忽略。」

「那紙杯也調查了嗎？」

「你怎麼跟個記者一樣呢。」

大谷的嘴角浮現諷刺的笑。

「紙杯、氰化鉀和目擊者，我們都在進行調查。

老實說，目前一點線索都沒有，就看以後了，接下來一定會有的！只不過……」他故弄玄虛地說到一半，「昨天鑑識人員在更衣室深處發現這個奇怪的東西，目前還不清楚跟案件有沒有關係，但我覺得十分可疑。」

大谷從西裝口袋掏出筆記本大小的黑白照片給我看，上頭是一個串著直徑約三公厘的小鐵圈的廉價鎖頭。

「尺寸幾乎跟原物一樣，是個長度有數公分大的鎖頭。上面沾了一點泥巴，但幾乎沒有汙垢或生鏽，可見掉落的時間並不長。」

「會是凶手遺落的嗎？」

「我認爲有可能。這東西你有印象嗎？」

我搖搖頭。大谷將照片收起來，表示警方也在調查那個鎖頭。然後，他又說：「對了，我們在被害者的口袋裡也找到可疑的東西。」

「可疑的東西？」

「就是這個。」大谷的食指和拇指圍成一個圓圈，露出邪惡的笑容。「就是這種橡膠製品，男性專用的。」

「不會吧……」這是我眞正的感想，因爲跟村橋的形象完全連不上。

「村橋老師也是男人，只是，既然身上帶著那種東西，表示他有特定的對象。因此，我昨天才會提出那方面的問題，但大家共通的答案都是不清楚。唉，我也不知從這一點是否能直逼問題的核心……」

「你們還是會繼續調查他的女性關係吧？」

「嗯，不過從發現的保險套上檢驗不出任何人的指紋，我覺得有點奇怪。」

大谷說這話時表情嚴肅，難得一見地情緒低落。

4

警方的正式調查是從下午開始。大谷要求生活輔導組接受訊問，我明白他的目的。因爲村橋對學生十分嚴厲，怨恨他的人肯定很多。大谷約莫是想要那些學生的名單吧？然後警方會根據名單徹底進行調查。

身爲警察，那是理所當然的調查方法，可是這麼一來，不就等於校方出賣了學生？

生活輔導組會對刑警怎麼說？我一邊喝茶一邊思索這個問題時，教務主任松崎過來告知校長要找我。松崎本來就很瘦了，今天肩膀垮了下來更顯得憔悴。我走進校長室，只見桌上的菸灰缸裡滿是菸蒂，校長雙手盤胸、閉上眼睛，像是在沉思。

「看來……」校長慢慢睜開眼，直視我說：「情況不太妙。」

「校長是指，生活輔導組接受訊問的事嗎？」我問。

校長微微點頭，「警方似乎認爲村橋是被人殺害，眞不知道他們有什麼根據！」語氣焦躁不安。

校園內發生殺人命案會讓學校的信用掃地。從校長的角度來看，在校內到處調查的刑警說有多討厭就有多討厭。

我回想剛剛和大谷談話的內容，整理出他殺的根據，不料校長反應平淡：

「什麼啊，只有那些根據嗎？那不就表示也有自殺的可能性？」

「當然也有可能……」

「應該是吧，肯定是自殺沒錯。警方不是說沒有動機嗎？別看村橋那副樣子，其實他有神經質的一面，對於教育他似乎也有許多煩惱。」校長試圖說服自己，然後像是想起什麼，看著我說：「對了，上次你不是說有人盯上你嗎？你應該還沒告訴刑警吧？」

校長的神情有些不安。

「是的，我還沒告訴刑警。」

「嗯，再觀察一陣子比較好，現在就說出來，警方肯定樂得把那件事跟村橋的死連在一起，這麼一來，情況會更加複雜。」

但也不保證兩者毫無關係。栗原校長似乎完全不考慮這樣的可能性，不對，應該說他根本故意忽視這樣的可能性。

「我要說的就是這些。如果之後你得知什麼消息，就跟我報告。」

「是。」我打開校長室的門走出一步，又回頭說：「關於麻生老師的事……」

校長立刻舉起右手在面前搖動。

「那件事就先不提了，現下我實在無心考慮兒子的婚事。」

「那我告退了。」

我走出校長室。

回到辦公室準備第五堂課的教材時，藤本隨即靠了過來。他人是不錯就是好奇心太強，令人受不了。

「你跟校長談了些什麼？是不是跟命案有關？」

「才不是，你好像很關心那件事？」

「當然，畢竟有生以來身邊第一次發生這種事。」他一派輕鬆的樣子，眞教人羨慕。

看著藤本，我突然想起一件事。環視周遭後，我壓低聲音問：「對了，早上麻生老師似乎問了你一些事……」

「麻生老師？啊，你是指第一堂課上課之前嗎？她只是針對命案問了有點奇怪的問題，但也沒什麼大不了的。」

「什麼問題？」我再度環顧四周，沒看到麻生恭子的身影。

「她問村橋老師的東西有沒有被偷，我回答沒聽說有那種事。畢竟這件命案跟偷竊沒關係吧？」

藤本尋求我的贊同，於是我應道：「是。」

但爲什麼她會提出那種疑問？我反問。

藤本側著頭說：「這個嘛，可能麻生老師推測是小偷下的手吧？」

藤本離去後，堀老師迫不及待似地走過來。她比我剛才更在意周圍的情況，視線不停四處遊移。

「有沒有什麼新的情報？」她低聲詢問。看到這個中年婦女毫不掩飾的好奇心，感覺很不愉快，於是我故作詫異地回答：「沒有。」

她接著問：「刑警好像認爲村橋老師有情人，這一點你怎麼看？」

「這個嘛……警方應該沒有什麼確切的根據吧。」

「是嗎？」堀老師沉聲說：「不過我知道。」

「什麼？」我回望她，「妳知道……知道什麼？」

「上次我去了畢業生的同學會，聽到有人說村橋老師跟年輕女性在T町的……該怎麼說，就是有很多不入流飯店開在一起的區域……」

「賓館街嗎？」

「沒錯，有一個畢業生說看到他們在那附近走著。」

「眞的嗎？」

如果是眞的，表示村橋身邊果然有特定女性存在，我不禁忐忑不安起來。

「至於對方的身分……」

「嗯。」不知不覺間我已被堀老師的話吸引，不由得傾身向前。

「根據那個畢業生的說法，她不知道對方的名字，但確定是清華女中的教師。結果我一問對方的年紀，似乎就是……」她斜眼瞄了一下旁邊麻生恭子的桌子。

「騙人的吧？」

「錯不了，學校裡那個年紀的女教師，除了她沒有別人。」

「那妳爲什麼沒告訴刑警？」

堀老師板著臉回答：「搞不好他們只是湊巧走在一起啊。而且如果兩人眞的在交往，應該多少會有傳聞吧？她自己應該也會跳出來承認。總之，這種事不該由第三者公開。萬一這件事具有重大意義的話，我當然還是得說出來……關於這一點，我想請其他人幫忙判斷……所以才找你商量。」

「原來是這麼回事。」總之，她不希望自己說的話引來不必要的麻煩。

話說回來，村橋和麻生恭子——實在是令人意外的組合。

由於話題中的當事人回來了，我們結束交談。但在第五堂上課鈴響之前，我始終十分在意麻生恭子白皙端正的側臉神色。她大概有所察覺吧？因爲她一次都沒有轉頭看我，反而顯得不太自然。

麻生恭子是在三年前來到這所學校。她的身材高䠷，相當適合穿套裝，全身上下散發著一股剛從女子大學畢業的氣息。

正經規矩的女性——這是我對她最初的印象。她的確沉默寡言，也沒有那年紀的女性特有的青春飛揚，除了我以外，其他人約莫也是同樣的看法，然而那是我們的眼睛被蒙蔽了。超乎我們的想像，她是個危險的女人。換種說法，就是喜歡玩火的女人！

我得知麻生恭子的本性，是在她任教一年左右的時候。記得那是教職員的春季旅行，在伊豆住一晚，很普通的行程。

旅遊行程雖然平淡無奇，但眾人都沒有怨言。因爲大家期待的是晚上的活動。舉辦過盛大的宴會後，就是自由玩樂的夜晚。有人會繼續飲酒作樂，有人自動消失在夜晚的風化街上，也有人帶著珍藏的錄影帶在房中享受。

恭子開口邀約我。晚宴席上她坐在我旁邊，突然在我耳畔低語：「晚宴結束後，要不要一起出去？」

我覺得無妨，但提出一個條件。我提議順便邀請同事K老師，因爲我知道K老師對恭子素有好感，爲了幫助內向的他解決心中的煩惱，我主動替兩人牽線。

她當場答應了。於是我們三人一起到距離旅館幾百公尺遠的小酒館喝酒，因爲她不想在旅館附近碰到熟面孔。

在小酒館裡，她變得很健談，K老師和我也興致高昂，三人聊得相當熱絡。

大約過了一個小時吧，我決定先行離席。當然，是爲了讓他們獨處。我想內向的K老師應該明白我的用意，不會錯過這麼好的機會。

K老師回到房間時已是深夜，儘管他小心不發出聲音，鑽進我旁邊的被窩，但從他的鼻息不難察覺其內心的興奮。果不其然，隔天在遊覽車上他向我報告戰果。

「我們有了意外的進展。」他有些驕傲，卻又很難爲情地訴說詳情。簡單歸納一下，昨晚他倆離開小酒館後，就到無人的小路散步。不久女方說有點累了，於是兩人坐在路邊的草地上。

「因爲氣氛挺好，加上有些醉意……」K老師心虛地自我辯解，聲音愈來愈小，最後自言自語般宣布：「差一點就要攻上本壘了。」

如果僅僅是這樣，我只會對K老師的勇氣和麻生恭子出人意表的大膽表示驚訝，但眞正令人吃驚的還在那次旅行之後，K老師似乎向她求婚了。

單純的K老師會採取那種行動也不足爲奇。可是女方拒絕了，而且不是委婉地拒絕。根據來我家喝悶酒哭訴的K老師說法，她是「冷笑著拒絕」。

「她居然說『當初不是講好，我們只是玩玩的嗎？你這樣假戲眞作，我很爲難……』，還一副覺得困擾的表情！」

「可是……她不是對你有好感嗎？」

一聽到我的這句話，他停下正要往嘴裡送的酒杯，一臉悲傷地看著我。「她說當時跟誰在一起都無所謂，本來她覺得最方便的對象是已婚的你，但換成我也可以勉強湊合。」

所以她才會一開始先約我。

最後K老師因爲家裡的關係辭去教職，我到車站送行時，他從列車窗口對我說：「她是個可憐的女人。」

從此以後我對麻生恭子就沒有好感，甚至爲了朋友而覺得她可恨。她應該也察覺到我的想法，在那之後我們就不太交談了。

如今她可能會跟校長的兒子結婚，校長又拜託我調查她的男性關係。怎麼會有這般諷刺的事？她釣到金龜婿的機會，居然掌握在我的手中。

等一下——

突然間，我的腦海掠過一個念頭。

第三章

1

十三日星期五的課總算平安結束。其實我很想直接回家，但因爲答應了小惠，再加上離縣際大賽沒剩多少時間，我不好意思蹺掉社團練習。

出事的更衣室目前仍禁止使用，不過短期內我也不想進去，只好跟體育老師商量改用他們專用的更衣室。

我的衣服換到一半時，竹井滿身大汗地走進來。他擦去健壯肌肉上的汗水，脫掉背心換上運動衫。

「今天的訓練結束了嗎？」我出聲問。竹井是田徑社的顧問，通常都穿運動背心和短褲在操場上跑步，直到太陽下山。

「沒有，因爲等一下要開會，討論秋天的比賽行程和運動會。」

「運動會……」這麼說來，是有這麼回事。最近發生太多事情，我難免會忘記這種可有可無的活動。

「運動會的重頭戲是社團對抗的表演賽，今天也要討論。」

「那今年的表演賽內容是什麼？」

我聽說過卻沒有印象，記得去年表演的是「搞笑時裝秀」。

「今年是化妝遊行，連我們這些顧問都得粉墨登場，眞是要命。」

究竟是誰提議的？

「對了，竹井老師，你們的社團要扮演什麼？」

他搔著頭回答：「實在有夠胡鬧，聽說是要扮演丐幫。臉上塗抹泥巴，穿著破衣服，走路一擺一擺的，活像嬉皮之類。」

「竹井老師也要扮演嗎？」

「是啊……我還是丐幫幫主呢。換句話說，就是裝扮得比其他乞丐還要骯髒的樣子。」

「那眞是……」我本來打算調侃他一句「辛苦你了」，最後還是含糊其詞。不曉得射箭社會搞出什麼更誇張的名堂，小惠什麼都沒告訴我。

到了靶場我問小惠，她乾脆地回答：「就是馬戲團呀。」

「馬戲團？」

「我們要扮演馬戲團，有馴獸師、魔術師之類的。」

「是嗎？那我扮演什麼？該不會要我穿上獅子造型的布偶裝吧？」

「這個主意不錯！不過我們給你的角色更好，是小丑啦。」

「小丑……」

要我整張臉塗成白色，裝上紅鼻子……嗎？看來我根本沒資格取笑竹井。

「而且不是普通的小丑，是拿著酒瓶、喝醉酒的小丑。」

「喝醉酒的小丑……」

我眞是不敢恭維她們的創意，同時也深深體會到竹井說的沒錯。

社團練習準時開始。只是在開始射箭之前，先根據小惠的分配兩人一組。一年級社員必須跟二、三年級社員搭配，除了這個條件以外，大家可憑喜好各自分組。

之前我就聽小惠解釋過如此安排的目的。她說這是爲了因應一個月後的縣際大賽所設計的特訓。

「過去個人的得分都是自己計算的，可是這樣容易出問題。有些人成績不好，但因爲是自己看分別人不知道，遇到箭頭射在十分和九分的界線時，自然會選較高的得分。爲了改正這種問題，我才決定採分組練習，讓搭檔的人負責計算、看分數，這樣大家才會認眞，還可糾正彼此的姿勢，不是嗎？同時，學姊也能一對一指導不習慣上場比賽的一年級學妹。」

小惠自認是好主意，說得眉飛色舞、雙眸發亮。我一向認爲「勝敗完全看個人」，所以不是十分贊同她的做法，但又覺得社員的自主性最重要，便不特別反對。

各組隨即進行練習。小惠的搭檔是一年級的宮坂惠美，惠美在暑假期間挫傷的左腕仍纏著繃帶尚未復原，不過她還是努力練習，希望能夠參加縣際大賽。對於箭靶的恐懼，她似乎也已克服。

縣際大賽名次好的人也能參加全國大賽。站在後方看著大家努力練習的樣子，我不禁想讓大家都能參加比賽，只是我心裡很清楚，幾乎所有人的實力都還不夠。

「老師看起來好憂鬱。」

我在梳理幸運箭的羽毛時，小惠走過來。

「因爲太過期待，難免產生悲觀的心情。」

「老師覺得悲觀，我也沒辦法。不如射一箭？爲我們示範一下。」

這麼說來，最近實在沒心情，我的確很少握弓。或許愈是在這種時候，愈需要轉換心情吧。

「也好，我許久沒射箭了，就讓妳們瞧瞧什麼是藝術的射箭姿勢。」

我回去社辦拿來弓箭。

一站上五十公尺的發射線，所有學生都停下動作看著我。光是瞄準箭靶，我就心跳加速，壓力好大。

「假如射歪了，妳們可別笑我。」一句謙遜的話我也說得舌頭打結。

瞄準器對好靶心，慢慢拉緊弓弦。右肩會稍微抬高，是我學生時代就有的壞習慣。一旦瞄準靶心，背部肌肉自然緊繃，日本弓道稱這種情況是「會」。搭弓弦拉到定點後會發出類似金屬片落地的「喀啦」聲，箭應聲射出。

眾目睽睽下，弓箭發出劃破空氣的咻咻聲，朝向箭靶飛去。「砰」的一聲，箭頭射進中心的黃色部分。Gold，也就是所謂金色靶心的部分。

「射得好！」周圍響起喝采聲。

我的心情頓時變得輕鬆，剩下的五支箭也都成功射出。計算得分，分別是十、九、九、八、八、七分，共是五十一分。太久沒練習，成績算是馬馬虎虎。

「老師，教教我們即使緊張也不會出錯的祕訣嘛！」小惠說。

其他人也很有興趣地看著我。

「哪有什麼祕訣，在亞運獲勝的末田選手說過『只要瞄準靶心射出，弓箭只會往那個方向前進』，我想那是因爲他是射箭高手，所以能那麼說吧。」

這是學生時代聽說的，我一直沒有達到那種境界，現在學生也都聽得一臉茫然。

「不過有一點我倒是敢說。我們一般人在拚勝負時，必須有所依靠。問題是，比賽中每個人都是孤獨的，無法依靠任何人。那我們該依靠什麼？我想只有自己努力過的事實。因爲曾忍住想玩的欲望努力練習，所以相信自己一定能表現出完美的成果。」

「眞的可以這麼相信嗎？」有個二年級生提出質疑，加奈江立即看著她說：「當然得努力練習，直到自己能相信！」語畢，加奈江露出徵求同意的眼神看著我。

「沒錯。只要閉上眼睛，慢慢回想過去所做的努力，信心自然會湧現。」

我一說完，全體社員鞠躬說：「謝謝老師。」

雖然比在教室裡對學生說話輕鬆許多，但我的腋下已汗溼。

那一天的練習直到最後都是分組進行。同組的都是二年級社員，明顯有串通作假之嫌，但小惠似乎對今天的練習相當滿意，結束集合時宣布明天要繼續採用這種練習方式。

社團練習完，我到體育教師更衣室換好衣服，前往校門口等小惠。我以爲她會跟加奈江等人一起回家，沒想到她是和宮坂惠美走出校門。看來，她連平日也打算和搭檔一起行動。

「好感動，老師居然在等我啊？」小惠故意擺出誇張的表情。我不禁擔心面露驚訝之色的惠美會怎麼想。

「那是因爲我有話要跟妳說。」

我配合她們的步調一起走。

我們先從分組練習談起，但只是確認小惠分組的目的而已。最後我表示原則上讓她們自主練習，不會加以干涉，事前準備好要說的話也到此爲止。

「對了，小惠班上的副導師是麻生老師吧？」我試著若無其事地轉變話題，不確定成功與否。

小惠不以爲意地點頭說：「沒錯。」

「妳們常聊天嗎？」

「是啊，畢竟都是女生。」

「也會聊異性的話題嗎？」我一說完，小惠噗哧一笑。

「好古板，什麼異性？你是指有關男人的話題嗎？會呀，有時候會聊，多半是老師的學生時代往事。偷偷告訴你，麻生老師年輕時談過不少戀愛，當然都是柏拉圖式的，這是她說的。」

我暗暗反嗆，眞的嗎？

「她現在有交往的人嗎？有沒有聽她提過？」

「交往的人？這個嘛……」

小惠邊走邊歪著頭思考。她的側臉看起來很認眞，我反而有些詫異。

「我想是沒有，爲何這麼問？」

「其實，我想幫她介紹相親的對象。」我編了一個理由。

小惠聽了十分興奮，「哇，這個好玩，可是這種事爲什麼不直接去問本人呢？」

「話是沒錯，但總覺得不太好開口問。」

隨口敷衍後，我不禁有些後悔，這種事問小惠根本沒用。像麻生恭子那麼陰險的女人，怎麼可能對學生吐露隱私。

之前我想出了一個假設，這個假設源於堀老師從畢業生那裡聽到傳聞。

村橋和疑似麻生恭子的女性一起走在賓館街上。我打算找那個畢業生問清楚，於是詢問堀老師對方的聯絡方式。可是那個畢業生目前在九州讀大學，一時之間無法聯絡上。不得已，我只好根據假設繼續調查。

我的假設是，麻生恭子和村橋之間有特殊關係，然而這個假設是否太過唐突？

年過三十依然單身的村橋，和二十六歲的她，我覺得很有可能。問題在於兩人的想法，尤其是我懷疑麻生恭子是否眞心，我猜他們只是逢場作戲。

假如兩人的關係非比尋常呢？雖然這個假設有點跳躍，但如此一來，她就有殺害村橋的動機了。同時，這一點變得十分重要，因爲她也必須殺我滅口才行。

今年夏天，栗原校長向她提出嫁給他兒子的請求，栗原家是以經營學校累積財富的有錢人家，她應該很想馬上答應，卻延遲了回覆。如此折磨對方有何意義？我認為最主要的原因是她必須處理好身邊的事，也就是說，她需要時間封住所有知道她男性經歷的人的嘴。其中一人恐怕就是我吧？我和K老師是唯一知道她本性的人，自然成了她的眼中釘。沒想到我的運氣太好，不僅沒被害死，反而對這看不見的殺人凶手起了戒心，於是她找第二個目標下手。

第二個目標就是村橋嗎？

根據藤本的說法，麻生恭子似乎對這件案子頗有興趣。就我所知，她不像是會注意這類案件的女人，我對自己的推理愈來愈有信心了。

「對了，關於昨天發生的案子……」快到車站時，小惠彷彿看出我的心事，提起這個話題。

「大家都說應該不是自殺，眞相到底是什麼？」

大概認為自己也是發現者之一，小惠故意壓低聲音。

「大家？妳是從哪裡聽來這種說法的？」

「好像是藤本老師最先說的，這是A班同學告訴我的。」

腦海浮現藤本悠哉的表情，眞羨慕他這麼無憂無慮。

「原來如此，可是我也不知道。唯一能確定的是，警方尚未下自殺的結論。」

「是嘛，那密室的問題解決了嗎？」

小惠拿著看起來相當沉重的書包，自然地提出疑問。她能如此隨口發問，表示她一直很在意案發現場難以理解的狀況。

「密室嗎?警方似乎認爲凶手是用備份鑰匙開門的，因爲找工友老板問過話。」

「備份鑰匙……」

「目前正在調查凶手有沒有製作備份鑰匙的機會。」

小惠陷入沉思，我有點後悔說太多。

到達車站穿過剪票口後，我們依往例分道揚鑣。宮坂惠美跟小惠同方向，分開時她輕聲說了一句「再見」。我突然發覺，這似乎是她今天說的第一句話。

來到月台上，爲了方便轉乘，我順著行駛方向往最前面的等車位置前進。油漆斑駁的長椅是博愛座，我選擇坐在最右邊的長椅上等車。

我看見小惠和惠美站在對面月台上聊天，小惠搖晃著書包，面對惠美說話。惠美始終低著頭，偶爾才回應一、兩句。我正心想不知道她們在聊什麼時，對面的電車來了。電車離去時，小惠仍隔著車窗對我揮手，我也輕輕地向她揮手。

之後，我聽見機車聲。我反射性地往聲源處望去，只見兩輛機車停在鐵軌旁的馬路上。我心想，該不會是……仔細一看，果然是前些天和陽子說話、戴紅色安全帽的年輕人。我對他的紅色安全帽還記憶猶新，問題是另一輛機車，似乎跟上次到學校附近的那幾輛不太一樣。黑色安全帽、黑色機車外套的一身黑打扮，身形不像男性……

我確定那人是高原陽子。這麼一想，我憶起她挑釁地說過自己常在這一帶出沒。在沿著鐵軌延伸的馬路上，很容易被人看見。

兩個騎士在路邊聊了一下，而後陽子先行離去。她說過今年夏天剛考到駕照，技術還挺不錯，轉眼便不見蹤影。

之後紅色安全帽男也跟著離去，照例發出震動肚腹的排氣管噪音，我身邊有些人皺起眉頭。

就在那個時候，有一幕景象令我有點在意。一輛白色轎車彷彿緊跟在紅色安全帽男之後開過。也許只是湊巧，但那輛車的速度和經過的時間點，都讓我覺得不太對勁，有種不好的預感。

2

隔天，九月十四日星期六的第三堂課結束，我的預感果然成眞。

上完課回到辦公室，就看到松崎教務主任和長谷站著聊天。兩人都雙手盤胸，若有所思。經過他們時，松崎叫住我。

「前島老師，等一下。」

「有什麼事嗎？」

我交互看著兩人，感覺他們的臉色不太妙。

松崎有些躊躇地說：「事實上，今天刑警又來了……」

「噢……」

我早就知道了，因爲校門口旁的停車場停了一輛灰色轎車。大谷刑警每次都是開那輛轎車出現。

「警方提出一個有點麻煩的要求。」

「什麼要求？」

「說是要跟學生談話，而且教師不能在場……」

我不禁看著長谷，「哪個學生？」

長谷瞄了一下周遭，小聲回答：「高原。」

我下意識地嘆了一口氣，暗想果然是她。

「為什麼刑警要找高原？」我問。

松崎撥弄著稀疏的頭髮回答：「好像是昨天生活輔導組在訊問時提到她的名字，至於內容是什麼，我就不知道了。」

不難想像，八成是警方問「有沒有怨恨村橋老師的學生」吧。於是生活輔導組提出名單，陽子也名列其中。

「那跟我有什麼關係？」我盯著松崎。

「基本上，我認為應該要協助警方辦案。可是學生接受調查，事關學校的信譽。而且一旦知道自己遭到懷疑，恐怕會傷了高原的心。」

「我明白。」我點點頭，雖然他先提到學校信譽，讓人不太愉快。

「所以我跟校長商量該如何進行，校長指示首先要問清楚警方的意圖，再判斷是否讓學生接受訊問。」

「原來如此。」

「問題是，該找誰去跟刑警接觸？因爲高原的導師是長谷老師，我就去拜託他……」

「可是我自知條件不足。」松崎說到一半，長谷出聲插話：

「一方面我對案情不是很清楚，而且我是從第二學期開始當高原的導師，還在摸索那孩子的個性。」

他的語氣熱切，我明白他想說什麼。

「因此，我推薦前島老師。前島老師是遺體發現者，跟這件案子並非毫無關係，又是高原二年級時的導師，再適合不過了。」

我想的果然沒錯，松崎在一旁露出「可以嗎？」的表情。

換成是平常的我，大概會以一句「這樣不太好吧」拒絕對方。

因爲一旦答應，今後我都得擔任警方和學校之間的傳聲筒，說有多麻煩就有多麻煩。可是這次的命案跟我並非毫無關係，說不定比松崎和長谷想像的更糟，我根本就是「當事人」。

最後我答應了。松崎和長谷趕緊道謝，臉上明顯浮現安心的神色。

我將第四堂課改成自習，前往會客室。有種身負重任的感覺，同時想著數學課改成自習，學生肯定很高興吧？

見我打開會客室的門探頭進去，大谷露出驚訝的表情。他應該是在等高原陽子吧？我先陳述代表學校的校長意見，傳達校方想知道大谷意圖的要求。大谷難得正經八百地穿上西裝、繫上領帶，聽我說話時的認眞態度也跟平常判若兩人。

「我瞭解了。」大谷聽完，從西裝口袋掏出一張白色紙片。

「這是昨天生活輔導組的小田老師給我的資料。上面列出這三年來遭到退學、停課等處分的學生。」

「也就是黑名單嘍。」我看了一下紙張，上面列了十九個人的名字，有一半以上是畢業學生。

「基本上只是當作參考，其實我也不想採取這種方式……」

換句話說，若不用這份資料，有損刑警的專業?這一點我無法反駁，但也難以認同，只好保持沉默。

「我們也想按一般的方法進行調查。我們調查過被害人的行蹤、尋找目擊者，就是查不到任何線索。凶手一定是這所學校的人，警方卻束手無策，實在令人懊惱。」大谷的語氣中難得流露焦躁，可能是調查行動停滯不前，再加上想趕緊訊問高原陽子吧。

「女性的那條線索查得如何?」我想起昨天大谷的話，追問：「就是要找出村橋老師情人的調查。」

「那件事啊。」大谷語氣和緩地回答，「我們還在調查。目前已問過跟村橋老師有關的所有女性，就是找不到那名女性的線索。」

「查過女老師嗎?」說完我有些後悔，似乎說得太具體了。果然大谷「噢」了一聲，很有興趣地看著我問：「你有什麼線索嗎？」

「完全沒有，我只是想到老師和老師結婚的情形也不少。」好爛的辯解。麻生恭子的事只是我的假設，還不到說出來的時候。

「原來如此。如果是年輕女老師，確實有幾個人。昨天都問過了，每個人也都否認了。」

「搞不好本人在說謊。」

「當然也有那種可能，但那些人跟案件毫無關係。」

「怎麼說？」

「因爲她們在推測的犯案時間內，都有明確的行動。有人在常去的咖啡廳，有人在指導英語會話社練習，其他人也都有人證。」

原來如此……

我忘了麻生恭子是英語會話社的顧問，聽說那個社團相當認眞，常常練習到很晚。那麼，她不可能犯案了？我的推理竟這麼快就被推翻。

大谷接著說：「今後我們還是會持續調查村橋老師的女性關係，只是太專注於那個方面恐怕容易遭到誤導，也必須調查其他方面。」

「所以你們找上了高原？」

我語帶諷刺，但大谷不以爲意地說：

「高原同學是最近才受到處分的學生，而且理由是抽菸，當場逮到她的人就是村橋老師。」

「話是沒錯。不過，那麼一點小事，有可能嗎……」我話還沒說完，大谷便驚訝地看著我，嘴角又浮現一貫莫名其妙的笑意。

「看來，前島老師還不知道，村橋老師發現她抽菸後，對她進行了某種懲罰。」

「懲罰？」我是頭一回聽說，更何況學校是禁止懲罰學生的。

「就是這個啊。」大谷一把抓起自己油亮的頭髮，「他把高原同學帶到保健室，剪掉她最寶貝的一頭黑髮。這比停學處分更容易招來學生怨恨，她甚至說出『我要殺了你』。」

我不由得驚呼。這麼說來，停學處分結束後，回來上課的陽子剪了一頭短髮，不是為了改變形象，而是遭村橋亂剪。

話說回來，這名刑警是什麼時候、從哪裡得到這則情報？聽他的語氣，應該是從陽子的朋友那裡得知的吧。在這麼短的時間內就問出連我都不知道的事……我不禁害怕起這個男人。

「就算是這樣，也不用……」

「不光是如此。」

大谷靠在沙發椅背上，叼著一根菸。

「你知道川村洋一嗎？」

「川村？」

看著大谷嘴上隨著說話上下晃動的香菸，我搖搖頭。

「他是高原同學的朋友，一起騎機車的同伴。」

「啊……」昨天在月台上看到的情景浮現腦海。陽子和那名年輕人，還有白色轎車……大谷似乎樂於欣賞我的反應，點著菸等待適當的說話時機。

「川村是R鎮修車廠的兒子，整天不上學到處鬼混。據說他就是在機車行認識高原同學的，至於是誰先開口搭話就不得而知了。」

「你想說什麼？」我企圖讓語氣強硬一點，但也知道自己的氣勢很薄弱。

這時大谷起身，黝黑的臉湊過來。

「修車廠有氰化鉀。」

「那又……」我想說「那又怎樣」卻說不出口。

「當然保管得很嚴密。只是，若川村想拿一點出來，也是輕而易舉。」

「你是指，是高原拜託他的嗎？」

「這只是一種假設。我說的不過是事實，至於跟案件如何連結，就看今後的判斷了。」

大谷吐出乳白色煙霧。

「那麼，我可以和高原陽子見面了吧？」

我看著大谷，他的目光銳利，像是擁有獵犬的眼睛。

「你要問她什麼？」這句話代表我接受了刑警的要求。大谷的目光稍微柔和了一些。

「問她的不在場證明，還有其他兩、三個問題。」

「不在場……」說到一半才有眞實的感受，我沒想到會從眞正的刑警口中聽到這個字眼。沒錯，我不是在作夢。

「有兩個條件。」我好不容易發出平穩的聲音，「第一，我必須在場，但我不會插嘴。第二，她騎車的事暫時不能讓校方知道。除非確定她是凶手，那就沒辦法了。」

大谷彷彿沒聽見我的話，茫然望著自己吐出的煙飄散的方向。半晌後，他才開口：「我還以爲前島老師是冷酷的人。」

「什麼？」看著疑惑的我，他說：「好吧，我接受你的條件。」

回到辦公室，我向松崎、長谷說明整個經過後，和他們一起去校長室。栗原校長板著臉聽完我的報告，低喃著「沒辦法了」。

那是第四堂課的上課時間，長谷去找高原陽子過來。我不知道他會用什麼說詞，光是想像就令我心情沉重。

五、六分鐘後，長谷帶著陽子走進辦公室。陽子目光低垂，看著地板，嘴脣緊閉，來到我和松崎面前也是毫無表情。

從長谷那裡接到她後，我們立即離開辦公室，前往會客室。她走在我後面兩、三公尺處。在會客室前，我跟她說：「只要照實回答就好了。」她連頭都沒點一下。

坐在大谷對面，她仍擺出冰冷的表情，背挺得筆直，平視對方的胸口。大谷彷彿早就料到她會如此反應，還是提出準備好的問題。

「廢話不多說，能不能告訴我，前天放學後妳做了些什麼？」大谷一副閒話家常的口吻。相對地，陽子的語氣卻很沉重，而且連看都不看我一眼。

根據她的回答，前天放學後她便直接回家了。

「回到家是幾點呢？」

「應該是傍晚四點吧。」

陽子的家距離S車站有四站。上課和課外活動結束是下午三點半，所以四點到家是合理的。

「有誰和妳一起走嗎？還是……」

「我是一個人。」

大谷似乎是想確認有沒有人能證明她的行動。電車上有沒有遇到誰？車站呢？家門口前？好不容易從她嘴裡吐出兩個名字，是住在她家隔壁的老夫婦，她回家時跟他們打過招呼。

「回家之後呢？」

「沒做什麼，我就待在自己的房間。」

「一直待在房間嗎？」

「是的。」

「騙人的吧？」

什麼？我抬起頭，同時也看到陽子臉色大變。大谷的表情絲毫未變，語氣也跟先前一模一樣。

「傍晚五點左右有人在校內看見妳。是某個社團的學生，對方很肯定就是妳。問題是，她看見妳的地方，就是在那間更衣室附近。」

我驚訝得說不出話。大谷剛才沒跟我提及這一點，看來他是祭出了「殺手鐧」，而且居然有目擊者，這究竟是怎麼回事……

「怎麼樣？妳是不是回家後又去了學校一趟？」

大谷的語氣柔和，大概是想製造容易交談的氣氛吧。可是他的目光就沒那麼柔和了，像是獵犬的眼睛，也是刑警的眼睛。我看著陽子，只見她睁大雙眸，凝視著桌上的一點，渾身宛如人偶般緊繃，好不容易才掀動嘴唇出聲：「我回到家……發現東西忘了帶，又回學校去拿。」

「噢……忘了帶東西，是什麼東西呢？」

「學生證，放在桌子的抽屜裡……」陽子的聲音微弱且慌亂。我無法幫助她，只能在一旁看著。

大谷突然盛氣凌人地質問：「學生證？那種東西有必要特別折回學校找嗎？」

只差一步就能捕獲獵物了。他肯定是這麼想的吧？然而，陽子反倒像是豁出去了，調整坐姿後緩緩回答：「因爲學生證裡夾著我的駕照。我想趁著還沒被人發現之前，趕快到學校拿回來。」

如果這是臨時想到的謊言，陽子的反應之快讓我瞠目結舌。她的回答足以解釋爲什麼隱瞞回家後又去了學校一趟，十分合理。

就連大谷也頓時說不出話，不過他隨即轉移矛頭：「原來如此，畢竟騎機車違反校規。那我問妳，妳出現在更衣室附近的理由是什麼？」

「更衣室……我只是經過而已。」

「經過嗎？好吧，這麼說也行。那之後呢？」

「我就回家了。」

「幾點走？幾點到家？」

「離開學校是五點過後，應該是五點半到家。」

「有人可以證明嗎？」

「沒有。」

換句話說，陽子沒有確實的不在場證明。大谷似乎覺得自己的猜測沒錯，滿意地在記事本上做紀錄。

之後的問話幾乎都和川村洋一有關，比如兩人交往的程度、有沒有去過川村家，顯然是想找到陽子取得氰化鉀的證明。

陽子說她和川村洋一並不是很熟，最近才剛認識，她只是隨便敷衍一下對方。大谷看戲似地點頭，我覺得他根本就不相信。

「謝謝妳的合作，很值得參考。」大谷誇張地鞠躬致意，然後看著我，露出「沒事了，可以離開了」的眼神，於是我隨著陽子起身。

「啊，等一下！」就在陽子握住門把時，大谷高聲喚住她。等陽子回頭，他滿臉笑容地問：

「村橋老師過世，妳有什麼想法？」

面對突如其來的詢問，陽子一時之間難以回答。正當她要開口時，大谷又說：

「算了，沒關係，不用了。我只是隨便問問。」

搞什麼！我簡直想罵人了。

出了會客室，陽子一言不發地回到自己班上，她的背影像是在對我抗議，結果我也沒能跟她說到一句話。

我到校長室向校長、松崎和長谷報告訊問的內容。我只提到她有騎機車的朋友，並未說出她自己也騎的事實，他們三人似乎也沒想到那裡。

「所以，她的不在場證明有些曖昧嘍？」長谷嘆了一口氣說。

「擁有確切的不在場證明的人，反而是少數吧。」

這是我的眞心話，但聽起來像是安慰他們的場面話，也沒人表示贊同。

「總之，只能順其自然了。」沉默半晌後，校長說道。這句話成爲今天的結論。

松崎和長谷離開後，校長要我留下來，指著沙發催我坐下。

「你怎麼想？」栗原校長一邊將菸灰缸拉近一邊問。

「怎麼想……是指什麼呢？」

「高原是凶手嗎？」

「我不知道。」

「不是說有人要你的命嗎？高原有怨恨你的理由嗎？」

「我不敢說完全沒有。」

「是啊，當老師就是這樣。」校長理解似地不斷點頭，點燃了香菸。

「你跟警方提過被盯上的事嗎？」

「沒有。因爲最近沒再發生那種事了，我想看看情形再說。」

「嗯，也許是你多慮了。」

「我想不至於。」我敷衍校長，想著要是我現在說要向警方報案，不知他會有什麼反應。不管是威脅還是哄騙，他都會制止我吧。因爲到目前爲止，村橋的事情可能只是命案，而我的事情就不一樣了。

走出校長室時，課外活動時間已結束，可以看到許多放學準備回家的學生。心情雖然不好，這種日子卻也不想太早回家，於是我決定參加社團練習。通常星期六我是不出席的。

由於沒帶便當，我只得到學校外面吃飯。車站前有很多餐廳。就在我走出校門約五十公尺時，左邊小巷衝出一道人影。我最先看到的是深色墨鏡，對方來到我身邊，壓低聲音說：「跟我來，陽子找你。」

我一聽就知道是那群飛車黨的人。本來我想說「有事就在這邊解決」，又想到在路邊爭吵不好看，只能先跟過去。路上我問「你是川村洋一嗎？」，對方稍微停了一下，仍頭也不回地往前走。每次我都是隔著安全帽看他的臉，但對他的聲音還有點印象。

從學校旁的小路走了約幾百公尺，來到一塊十公尺見方的小空地。旁邊大概有工廠，可以聽見切割機、壓縮機的運轉聲，看來這塊空地是工廠用來堆放廢棄物的地方。

三輛機車像忠實的馬一樣並排停在一起，旁邊有兩名年輕人坐在廢棄的木製台車上抽菸。

「人帶來了。」

川村說完，兩人立刻站起。一人將頭髮染成紅色，另一人則是沒有眉毛，身高都和我不相上下。

「怎麼沒看見高原？」環視周遭後，我開口問，其實一點也不驚訝。我不認爲她會用這種方式找我，我是對這群年輕人有興趣才跟過來。

「陽子不會來的。」說完，川村抓住我的衣領。

他的身高比我矮十公分，所以是由下往上抓的姿勢。

「你的手法眞是有夠骯髒的！」

「我做了什麼？」我有些吃力地反問，同時瞥見紅髮男站在我右邊，無眉男繞到左邊。

「少裝蒜了，明明是你跟條子說陽子殺死了那傢伙！」

「我沒有。」

「騙人！」

川村放開我的衣領，下一瞬間我的右腳被絆倒，摔成狗吃屎。接下來左側腹又被踢一腳，整個人往上仰，這一腳的衝擊害我差點喘不過氣。

「條子來找過我。除了你以外，還會有誰知道我，你說啊！」

「你……」

我想說「你搞錯了」，可是胸口被無眉男踢踹，說不出話。抱著肚子蹲在地上時，川村又用靴跟踩我的後腦杓。

「誰跟你說凶手是陽子！你們只要有什麼不對的，全都推給不良學生，這樣就想了事了嗎？」

「你說話啊！」

無眉男和紅髮男一邊搥打我的頭和腹部，一邊咆哮。工廠機器聲和他們的叫嚷聲混在一起，衝進我的腦子裡，變成耳鳴。

就在這時，我隱約聽見女孩的話聲，不知說了些什麼，只知他們的攻擊隨著那話聲出現停止了。

「陽子……」聽見川村的聲音，我抬起頭，只見高原陽子一臉憤怒地走過來。

「這算什麼？誰要你們做這種事的？」

「可是，這傢伙將陽子出賣給條子！」

「不是我！」我忍著渾身傷痛，站了起來。只覺得脖子好重，平衡感不太正常。

「警方調查高原，發現她有騎機車的朋友。」

「少胡說八道了。」

「眞的，昨天你是不是跟高原在車站附近待過？之後我看見有輛白色轎車跟蹤你們。」

川村和陽子對看了一下，似乎發覺我說的話是眞的。

「可是，難道不是你將陽子的事告訴條子，他們才來跟蹤我們的嗎？」

「將我的事告訴刑警的是生活輔導組，跟他沒有關係。」

川村無話可說，雖然戴著墨鏡，仍難掩狼狽的神色。

「什麼嘛！原來是洋一搞錯了。」無眉男說。

紅髮男覺得無趣，在一旁踢石子，兩人都不敢看我。

「拜託你們不要那麼容易相信別人，好嗎？有事我會直接拜託你們。」

陽子說得無眉男和紅髮男都啞口無言，訕訕騎上自己的機車離去。轟隆隆的排氣噪音讓我感覺傷口更加疼痛了。

「洋一，你也走吧！剩下的是我的問題。」

「可是……」

「我最討厭有人婆婆媽媽的。」

陽子這麼一說，川村死心似地嘆了一口氣，走向自己的機車，然後自暴自棄地發動引擎，從我和陽子之間穿過。

工廠的廢棄物堆放場只剩下我和陽子。

「妳怎麼知道我在這裡？他們不是背著妳偷偷帶我來這裡的嗎？」

我揉著脖子問，被踢過的地方還在發燙。

「車站附近有人在說前島老師被不良少年帶走了。我一聽就知道是這裡，因爲洋一他們常在這裡鬼混。」回答後，陽子依然不看我繼續說下去：「我爲朋友做的事向老師道歉，對不起。」

「算了，倒是妳打算跟那些人來往到什麼時候？早點離開他們比較好。」

陽子一副不想聽我教訓的樣子，不停搖頭說：

「不要管我，我跟老師一點關係都沒有，不是嗎？」

說完，她就跟上次一樣跑開。我也只能跟上次一樣，目送她的背影離去。

3

九月十七日星期二，一早便開始下雨。我平常很討厭撐傘走路，今天卻覺得求之不得，因爲可以不用和其他人打照面。在電車上我始終保持低頭的姿勢。

「你的臉怎麼了？」我在辦公室最早碰到的是藤本。他天生就是大嗓門，搞得好多人都看著我。

「騎腳踏車摔的，眞是倒楣。」我按著顴骨一帶貼的ＯＫ繃說：「這就是週末的後遺症，昨天星期一是敬老日（＊）的補假，我的臉腫得更大呢！」

看來藤本不太相信，還好他只說了聲「保重」，沒再追問下去。

每週的第一堂是班會時間。我沒擔任導師，這算是我的空檔。我皺著眉忍著傷痛，準備下一堂課的內容。不對，應該說我假裝在備課，內心則在想村橋被殺的事。

大谷似乎認爲學生當中有人是凶手，頭號嫌犯是高原陽子。她的確憎恨村橋，恨到想殺掉他，也有機會拿到氰化鉀，又沒有確切的不在場證明，尤其是有目擊者在更衣室附近看見她等等不利的狀況證據。一旦大谷解開密室之謎，而且跟陽子連結上的話，她瞬間就會成爲重要關係人，不對，是成爲嫌犯吧。

我不能理解的是，她一向給人乖巧的印象。當然，她有可能會做出那種事的悲愴感，但也有下不了手的稚嫩感，或許性格和可能性一結合就會跌破眾人的眼鏡吧……

說到嫌疑，我反而覺得麻生恭子是凶手的可能性更高。只是還不確定她和村橋是否有特殊關係，加上她有不在場證明，大谷似乎已排除她。

思考著這些問題時，突然有人開門，嚇了我一跳。抬頭一看，有學生探頭進來東張西望，是三年A班的北条雅美。她似乎要找人，一對上我的視線便直接走過來。

「妳要找誰嗎？」詢問的時候，我心想第一堂課應該還沒結束才對。

「就是老師，我有事找前島老師。」她有著跟年齡不符的低沉嗓音，話聲卻十分洪亮，壓倒

*九月十五日是敬老日，放假一天。

了我。

「找我？」

「事實上，我對前些日子那件事的處理方式有些不能接受。問了森山老師後，他說前島老師最清楚那件事，所以在森山老師的允許下前來請教老師。」

北条雅美像在背誦文章般滔滔不絕說完一大段話，假如不聽內容，簡直和軍人一樣，讓我想起她是劍道社主將。

儘管如此，其他老師似乎打算把那件事留下的爛攤子推給我。算了，這也沒辦法。

「我不是什麼事都知道，不過只要是我能回答的，妳儘管問。什麼問題？」

我指著旁邊的椅子勸她坐，但她不肯坐。

「星期六放學後，我在學校裡看到警察。」她開門見山地說。其他學生絕對學不來她這種說話方式。

「警方那天來學校……那又怎樣？」

「聽說警方是來調查高原同學。」

「是……不過，只是問話，不是調查。」我提出修正，但她根本不理會。

「是校方說高原同學有嫌疑嗎？」她強烈地質問。

「沒人說她有嫌疑。是警方要求提供過去曾被退學、停學的學生名單，校方才讓他們看的。這一點生活輔導組的小田老師最清楚。」

「好，關於這一點，我會去問小田老師的。」

「最好是這樣。」

我完全被她的氣勢壓倒。

「對了，聽說高原同學接受訊問時，前島老師也在場，有什麼實質的證據能證明她涉案嗎？」

「那倒是沒有。」

「所以，在事情沒搞清楚的狀況下，老師就讓刑警和高原同學見面嗎？」

我能理解她這種挑釁的態度，於是回答：「當時我們也很猶豫該不該讓他們見面，但基本上刑警的推理相當合理，而且只是詢問不在場證明，所以就讓他們見面了。」

「可是，她沒有不在場證明……」

「妳倒是很清楚。」

「這不難想像。星期六放學後，老師知道刑警在校園內徘徊嗎？」

當時我應該是在被飛車黨的人圍毆，我搖頭表示不知道。

「聽說刑警去看過排球社和籃球社，還到處問：『有沒有人看過高原陽子借用教職員專用的女用更衣室鑰匙。』」

果然不出我所料，大谷忙著思考解開密室之謎的關鍵。假如陽子借用過鑰匙，她就能夠製作備份鑰匙了。

「那他到處問話的結果是什麼？」我有些戰戰兢兢地問。

「社團的顧問老師和同學都說沒看過她借用鑰匙。是我在排球社的朋友告訴我的……」

「是嗎？」老實說，我鬆了一口氣。

然而，眼前的北条雅美卻一臉不快，或者該說是表情陰鬱。我疑惑地抬頭看她，她隨即壓抑情感，清晰地說：「刑警的行動使得大家看高原同學的目光，都變成了看待犯罪者的目光。今後就算她的嫌疑洗清，想改變大家看她的目光還是很困難吧？因此我要來抗議，爲什麼不限制刑警的行動？爲什麼輕易讓高原同學和刑警見面？爲什麼校方要將退學、停學學生的名單給外人看？這麼一來，不是破壞了校方相信學生的前提嗎？我感到十分遺憾。」

北条雅美的一字一句都如利針般刺痛我的心。我想辯解，但說什麼聽起來都像是痛苦的呻吟，所以我選擇沉默。

「我要說的就是這些。」她微微一鞠躬，轉身往門口走了兩三步後，突然又停住，臉上難得泛紅，留下一句：「我和陽子從國中以來就是好朋友，我一定要證明她的清白！」

聽著第一堂課結束的鐘聲，我目送著她的背影。

「哦，原來發生過這種事。」

小惠拿著量尺在我身上比畫，動作很熟練。因爲要製作化妝遊行用的小丑衣服，她說要幫我量尺寸，叫我午休時間到社辦找她。

「北条的指責眞是嚴厲。雖然她說的沒錯……」

「不過，我還是頭一次聽說北条同學和高原同學曾是好朋友。」

「她們似乎住得很近，國中也是讀同一所學校。據說是高原變壞後，才跟她疏遠的……」

「但北条仍覺得她是朋友。」

小惠正在量我的胸圍。我忍耐著搔癢，站成稻草人的姿勢。

「可是，爲什麼我要扮演小丑呢？難道我適合搞笑嗎？」

運動會是下週日，該是開始炒熱氣氛的時候了。這一次的重頭戲是化妝遊行，聽說各社團都卯足勁籌備。

「不要抱怨了。根據現有的劇本，聽說藤本老師得扮女裝呢！你覺得哪一種比較好？」

「兩種我都不喜歡。」

「身爲觀眾，我覺得小丑比較好。」小惠以奇妙的方式安慰我，結束量身。「我們會準備化妝品，當天老師別遲到就行了。」

「我什麼都不用準備嗎？」

「你只須做好心理準備。」小惠將我的尺寸記錄在本子上，開玩笑地答話。

穿好上衣準備走出去時，我撞上了正要進來的社員，是一年級的宮坂惠美。見她拿著酒瓶，我問：「怎麼大白天就喝酒？妳們要舉辦宴會嗎？」

惠美沒回答，微笑著縮了一下肩膀。反倒是在社辦裡的小惠大聲說：「那是老師的道具啦。」

不是要你扮演拿著酒瓶、喝醉酒的小丑嗎？」

「我得拿這個嗎？」

「是啊，老師不高興了嗎？」

小惠走出來，從惠美手上接過酒瓶，做出喝酒的動作。

「大家一定會喜歡的！」

「會嗎？」

我拿起那個酒瓶，上面貼著「越乃寒梅」的標籤，是新潟的名酒。想像自己打扮成小丑、拿起酒瓶猛灌的樣子，到時還得刻意走得東倒西歪吧？我不禁對小惠說：

「請幫我化妝，要沒人認得出來才行！」

當然，小惠用力點頭。

4

九月十九日星期四。星期二、星期三難得連續兩天平安無事。沒看到刑警的身影，校內陸陸續續擺出運動會的吉祥物玩偶，清華女中似乎恢復了該有的秩序。

村橋負責的鐘點已分配完畢。我接收三年A班的課，工作比以前更忙，但那是無可奈何的事。生活輔導組的新主任是小田。

對於村橋的不在，師生的反應都一樣平淡。只不過幾天的工夫，村橋彷彿從來不存在。這件事不禁讓人檢討起自己的存在價值。

不過，我倒是發現有一個人在村橋死後有所變化。也許是因爲我抱持那樣的眼光仔細觀察，看得分外清楚，總之那個人的變化一目瞭然。

那個人就是麻生恭子。

她變得常常在自己的位子上發呆，也常常犯些小錯，像是忘了去上課、找不到考卷放在哪裡等等，都是以前她不會犯的過失。一向自信到近乎傲慢的眼神，最近也變得柔弱徬徨。

變化是在村橋死後出現，肯定有什麼內情——我十分確信。只是爲什麼會變成這樣，不管我怎麼想都說不通。

最善意的想法就是，她和村橋是情侶，村橋的死讓她大受刺激。在這種情形下，麻生恭子對村橋付出多少眞心便成爲重點。然而從她的性格看來，無論如何我都不認爲她會眞心考慮和村橋結婚。尤其在栗原校長提出和他兒子貴和相親的這個時間點上，她應該會希望村橋能夠從此消失，不是嗎？

這麼一來，等於又回到凶手是麻生恭子的假設了。對我而言，這是最合理的解釋。可是她並非凶手，因爲有明確的不在場證明，她沒有嫌疑。

等等——我從辦公桌上抬起頭看著她，她還是一副茫然若失的樣子在改考卷。

難道不可能有共犯嗎？假如有其他人也怨恨村橋，不就很有可能嗎？

不，不對，我微微搖頭。一旦有了共犯，麻生恭子的凶手「功能」也就消失了。村橋被殺害時，她只是出現在英語會話社而已。就算她的「功能」是取得毒藥、叫村橋到更衣室來，站在主嫌的立場來看，還是會覺得這是一筆不太划算的交易吧。

共犯說要成立，首先必須有一個人肯聽麻生恭子的命令行事——這是我最後得出的結論。問題是，眞有那種人嗎？遺憾的是，關於這一點我完全沒有概念。當我感到自己的推理已達極限時，第四堂課的上課鐘聲響起。隨著麻生恭子起身，我也跟著站起來。

這一堂是三年A班的課。因爲頭一次上原本村橋負責的課，穿過走廊時不免有些緊張。我深深覺得自己實在不適合吃老師這行飯。

上課鐘聲都響完了，大概是老師還沒到吧，經過三年B班和C班的教室門口時聽見吵雜聲。我苦笑了一下，心想就算大考在即，她們跟一、二年級學生也沒有太大差別。走到轉角後，四周突然變得很安靜，門上掛著三年A班的吊牌，不愧是升學班的龍頭。

開始上課後，我對A班的印象依然不變。對於我所說的話，她們的反應就是不一樣，學習能力強，消化速度快，解題時有耐心，出手也很準確。看到她們這麼認眞，我不得不承認村橋的影響力確實驚人。

只是，單就今天來說，北条雅美有些不太對勁。聽我上課時的表情顯然注意力不夠集中，丟給她的變化題也解得差強人意。

可能對手不是村橋，就少了鬥志吧——我暗自如此解讀，但我錯了，直到課程上到後半段，我不小心瞄到她的筆記本，才知道我的想法錯誤。

我看見一幅長方形的圖。平常大概看過就算了，但今天我敏銳地察覺那幅圖的意義。

那是更衣室的簡圖，上面還寫著「男用更衣室」和「女用更衣室的入口」等文字。北条雅美無視我的數學課，試圖解開密室之謎。簡圖旁隨手寫下一些文字，似乎頗有意思。當我看到其中「鑰匙有二」的文字時，她似乎察覺我的視線，迅速闔上筆記本。

鑰匙有二——

這是什麼意思？會是解開密室之謎的關鍵之一嗎？還是毫無意義的文字？因爲寫的人是北条雅美，更讓我不敢小覷。害我之後的課上得比她還不專心。

午休吃便當時也一樣，我甚至嘴裡不斷念著「鑰匙有二、鑰匙有二」，動不動就停下筷子思索，吃完一個便當竟比平常多花了一倍的時間。

待會再去問她本人吧——用完午餐後，我做出這樣的決定。年輕人柔軟的頭腦，有時會超乎成人的想像。

然而，我的如意算盤被打亂了。飯後和平常一樣看報紙時，松崎理所當然地來告訴我，大谷又來了，希望我馬上去會客室。

「他今天要做什麼？」

「這個嘛……我也不清楚。」看來松崎根本不關心這件事。

到了會客室，只見大谷站在窗邊眺望操場。他的背影少了以往的氣勢，我不禁有點驚訝。

「眞是不錯啊，窗外的風景。」大谷邊說邊坐下，看來很沒精神。發生了什麼事導致他如此無精打采嗎？

「查出什麼了嗎？」

我催促般先開口。果不其然，大谷臉上浮現苦笑。

「要說查出什麼，是也查出一些……」不明不白地說完，大谷反問：「今天高原陽子來上學了嗎？」

「來了，你要找她嗎？」

「其實沒什麼事……只是想確認她的不在場證明。」

「不在場證明？」我反問：「你這話就奇怪了。她不是應該沒有不在場證明嗎？沒有的證明要如何確認？」

大谷搔著頭，喃喃低語：

「該怎麼說？下午四點之前她不是有不在場證明嗎？放學後直接回家，還跟鄰居互相打招呼。事實上，根據我們的調查結果，發現那段時間變得非常重要。」

「四點左右嗎？」

「或者該說是放學時間……」大谷的語氣聽著十分痛苦，看來調查結果整個推翻了他的推理。

「總之，可以讓我跟高原陽子見面嗎？我打算到時再說明狀況。」

「我知道了。」

我很在意大谷掌握了什麼重大線索，若是能對照高原陽子的說法應該會更好，因此我毫不猶豫地站起來。回到辦公室向長谷說明情況，他一臉不安地問：「那名刑警該不會找到高原是凶手的證據了吧？」

「不，看起來不是那樣。」

我對長谷說明，以我對刑警的觀察，感覺事情有了轉機，但長谷還是一臉擔心。

「總之，我先去叫高原過來。」說完，長谷便走出辦公室。

在陽子到來之前，我坐在會客室的沙發上等待。由於我覺得和大谷面對面有些尷尬，帶了報紙來看。但他還是跟剛才一樣，站在窗邊眺望學生活動的狀況。

大約過了十分鐘，走廊上有些動靜。是學生和男人的聲音。仔細一聽，那個男人的聲音應該是長谷。至於學生呢——想到這裡，門口響起用力敲門聲。

「請進。」我還沒說完，門就被推開。進來的人不是高原陽子，而是北条雅美，從她身後追上來的是長谷，最後才是陽子。

「這是怎麼回事？」我問長谷。

「因爲……」他還沒說完，北条雅美便大喊：「我是來正式抗議的！」聲音之大，震撼了在場所有人。

「抗議？這是怎麼回事？」我一問，她的一雙大眼便注意到大谷在場，堅定地說：「我是來證明高原同學的清白的。」

眼看她的臉脹得愈來愈紅，室內氣氛變得十分緊張。

「噢，那倒是挺有意思。」大谷從窗旁走過來，舒服地坐在沙發上。「那就聽聽看吧！妳要怎麼證明？」

即使是北条雅美，到了刑警面前，神情也變得僵硬，但她還是非常勇敢，毫不退縮，口齒清晰地回答：「我要解開密室之謎。相信你們聽了我的推理，就會知道高原同學是無辜的。」

第四章

1

沉默支配了室內。在場的幾個人耳中，只能聽見操場上傳來的學生嬉鬧聲。額頭上冒出的汗水成串沿著鬢角滴落，天氣又不熱，我怎麼會出汗？

北条雅美一動也不動地凝視著我，短短幾秒的時間，我卻覺得像是過了好幾分鐘。

雅美打破沉默之牆，開口：

「我要解開密室之謎，證明高原同學的清白。」

她一字一句說得清清楚楚，彷彿要再次確認自己的心意。

「總之……」我好不容易才發出聲音，只是有些沙啞：「大家先進來坐下再慢慢說吧。」

「是啊，我們在這裡吵吵鬧鬧，其他學生會覺得很奇怪。」

長谷推著北条雅美的背走進來，陽子緊跟在後。

陽子關上門後，北条雅美仍不打算坐下，始終咬著下唇，睜著那雙好勝的大眼睛，望著大谷。

大谷彷彿在回應她的視線，問道：「妳的意思是，妳已解開密室之謎嗎？」

雅美依然直視對方，慢慢點頭。

「爲什麼妳要那麼做？這件案子跟妳有什麼關係？」

雅美瞄了陽子一眼後，回答：「因爲我相信陽子……不，高原同學的清白。她不是那種會殺人的人，因此我想解開密室之謎，或許能發現什麼。就算不能發現什麼，也可能找到足以排除她的嫌疑的線索。」

陽子始終低著頭，我完全看不到她的表情。短暫的沉默再度降臨在我們之間，幾乎令我喘不過氣。正當我想說些話緩和氣氛時，聽見了一絲風吹來的聲音，原來是大谷嘆了一口氣。

不知道他爲什麼笑，他抬頭看著我說：「眞是丟臉，前島老師。搞得我們一個頭兩個大的密室之謎，似乎讓這位小姐解開了。難怪人家會說我們警方是稅金小偷！」

我不曉得該用什麼表情回望大谷，不得已，只好轉向雅美問：「妳眞的解開了嗎？」

「解開了，我現在就向各位說明。」

「是嗎？」老實說，我也不知道該如何應對。

北条雅美硬闖進來使得情況大變，總之還是得先聽她要說什麼吧。

「要聽她的解謎嗎？」我看著大谷。

他放下蹺起的腳，「應該得聽聽吧。」

那語氣有著難得的正經。

「只是，解謎應該在案發現場進行。這樣是否符合實際狀況，就能一目瞭然。」

大谷站起，雅美緊張卻仍直視著他。相對地，我和長谷則顯得有些狼狽。

走出教室大樓，太陽不知何時躲了起來，天空開始飄雨。踩著濡溼的草地，我們一言不發地往體育館後方走去。體育館內傳來女學生的吆喝聲、運動鞋和地板的摩擦聲。毛玻璃窗戶關著，看不出裡面在進行什麼比賽。

一來到更衣室門口，大家以北条雅美爲中心站成一圈。此時堀老師也加入，這是雅美的要求。

雅美看了一下更衣室，轉過身來。

「那麼，我要開始說了。」她的氣勢彷彿準備開始表演。

「這更衣室有兩個入口，分爲男用和女用。室內原則上是隔開的，但各位都知道，想翻過隔牆是很容易的，所以實際上可說有兩條路。」

她說得十分流暢，肯定在腦子裡練習過許多次。而且練習到自己覺得沒問題才肯上場，北条雅美就是這樣的女孩。

然而，她驀地提高音調，指著男用更衣室入口說：「男用更衣室入口的門內側頂著一根木棍，兇手無法從這裡脫逃。因此，只能考慮兇手是從女用更衣室入口出去，可是那裡也上了鎖。」

雅美邊說邊繞到後面，站在女用更衣室門口。我們尾隨著她，不知情的人看到這情景一定會覺得很古怪吧。

「鎖頭的鑰匙一直都在堀老師身上。那麼，兇手是如何打開這個鎖頭的？最有可能的方法就是使用備份鑰匙。在此，我想請問刑警先生……」

說著，雅美凝視大谷問：

「有關備份鑰匙的調查應該已結束，請問調查結果如何？」

突然被點名的大谷似乎嚇了一跳。但他隨即端正姿勢，苦笑著回答：「遺憾的是，沒有找到任何線索。我們認爲凶手應該沒有機會製作備份鑰匙，也徹底查訪過市內的鎖店，什麼都沒有找到。」

雅美露出「如我所料」的眼神，充滿自信地接下去說：「那麼，凶手究竟是如何打開鎖頭的？我想了很久，連上課時間都在思考這個問題，好不容易才得出一個結論。」

她環視眾人，這個舉動讓我想起她參加演講大賽的情景。

「就是鎖頭從一開始就沒鎖上，因此凶手沒必要開鎖。」

「怎麼可能！」站在我旁邊的堀老師高聲反駁：「我確定自己上了鎖。上鎖甚至成了我的習慣，怎麼可能會忘記！」

「老師或許是那麼認爲，但實際上就是沒上鎖。」

眼看堀老師就要說出「哪有那種蠢事？」，我趕緊制止她，並開口問：

「那是怎麼回事？難道鎖頭被動了什麼手腳嗎？」

雅美搖頭回答：「就算被動了手腳，警方也早就查到了吧。不過，還是有方法可以不用在鎖頭上動手腳就能設下詭計。」

雅美從手中的紙袋取出一個鎖頭，那是她剛才去工友室借來的。

「這和當時使用的鎖頭是同類型。現在我們跟當時一樣，在堀老師來之前鎖在門上吧。」雅美邊說邊將手上的鎖頭掛進門上的金屬環，「喀擦」一聲鎖上。

「這時男用更衣室的門當然可以進出，接著是堀老師拿著鑰匙出現。」雅美將鑰匙交給堀老師。

「假設我是凶手。爲了不讓堀老師發現，凶手躲在更衣室的暗處。」她邊說邊躲在更衣室角落，只露出臉繼續說：「堀老師，不好意思，請和那天一樣開鎖，走進更衣室。」

堀老師有些猶豫地看著我。

「反正就先照做吧。」

聽我這麼說，堀老師才走上前。

在我們的圍觀下，堀老師將鑰匙插進鎖孔扭開，接著取下鎖頭，開門，並將鎖頭掛在門邊的金屬環上，走進更衣室。這時雅美上前確認，從紙袋裡拿出另一個鎖頭，和剛才掛在門上的是同一類型。我忍不住驚呼，因爲我看出是哪裡動了手腳。

雅美將掛在金屬環上的鎖頭取下，換成掛上自己手中的另一個鎖頭，朝著室內說：

「好了，請老師出來鎖門。」

堀老師一臉納悶地走出來，同樣在我們的圍觀下，關上門、將鎖頭掛進金屬環，然後鎖上。雅美確認後，面對我們：「這樣大家是否明白？堀老師鎖上的並非原來的鎖頭，是被凶手掉包的，原來的鎖頭在凶手手裡。」

堀老師一臉莫名其妙地問雅美：「現在是怎麼回事？」於是雅美再次慢慢說明。

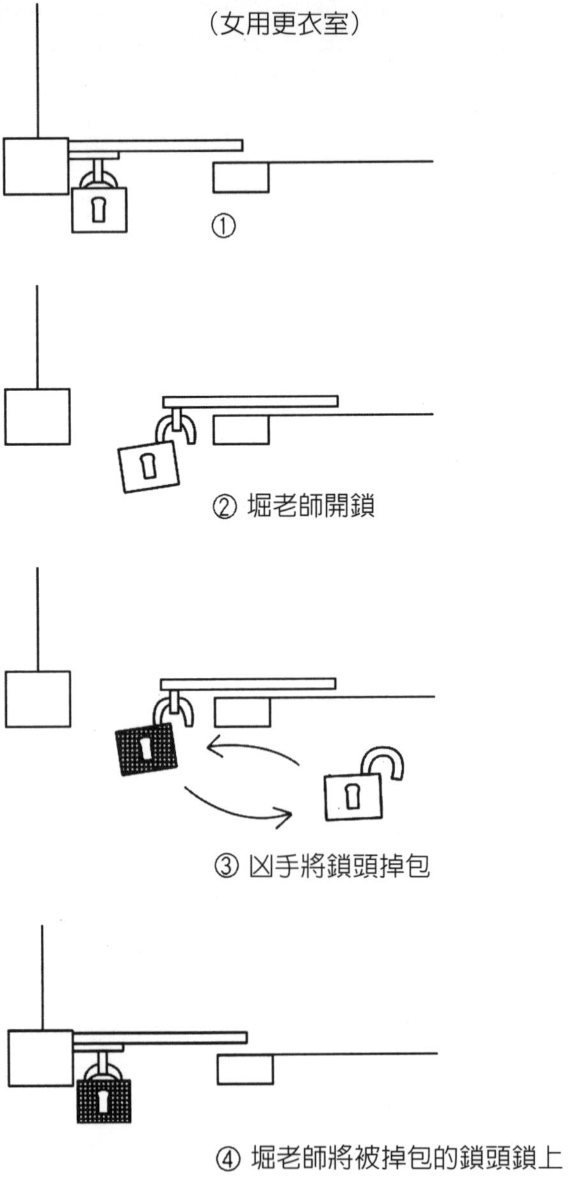
（女用更衣室）
①
② 堀老師開鎖
③ 凶手將鎖頭掉包
④ 堀老師將被掉包的鎖頭鎖上

「原來是這樣！」聽完說明後，堀老師發出讚嘆，但馬上又露出失望的表情說：「我習慣將打開的鎖頭掛在門邊，凶手竟利用了這一點。」

她大概覺得自己也該負一部分的責任吧。

「應該是吧。所以，凶手是知道堀老師有那種習慣的人。」雅美頗有自信地宣告。

「妳是怎麼知道的？」問話的人是大谷。儘管被業餘偵探搶了先機，他的語氣相當平靜。

雅美態度凜然地看著刑警，嘴角帶著微笑，神色自若地回答：「我本來不知道，是剛才想通的。只是，我相信堀老師應該有這種習慣，不然無法解開密室之謎。」

「原來如此，果然跟神仙一樣厲害！」說完這句諷刺意味很濃的話後，大谷又問：「那麼，之後凶手又是怎麼行動？」

「之後就簡單了。」雅美說著，拿出另一把鑰匙，打開掛在門上的鎖頭。

「像這樣打開鎖頭後，凶手約莫是在男用更衣室和村橋老師見面，順利騙老師喝下毒藥，將木棍頂在門內側，翻過隔牆從女更衣室的門出去的吧。當然，這時……」她又拿出另一個鎖頭，「再鎖上原來的鎖頭，就形成完美的密室了。」

北条雅美一副「我表現得不錯吧」的神情看著大家。經她這麼一說，就知道這是相當單純的詭計，可是換成我，三天三夜也想不出來吧。

「各位有什麼問題嗎？」她問。

我舉手發問：「妳的推理很不錯，但有沒有證據能證明是真的？」

雅美冷靜地回答：

「我沒有證據。但剛剛我也說過，除此之外恐怕無法解開謎底。既然找不到其他解答，將這當成正確答案，不也是理所當然嗎？」

可是……我正要反駁，意外地大谷阻止了我。他從旁插嘴：

「雖然沒有證據，但有跡可循。」

包含我在內，連雅美都吃驚地看著大谷。他沉穩地解釋：

「堀老師不是說過嗎？那天有一部分的置物櫃溼了不能用。」

堀老師沉默地點頭，我也記得有這麼一回事。

「那一部分的置物櫃就位在入口附近。因此，堀老師表示自己是不得已才改用裡面的置物櫃。事實上，這就是凶手動的手腳。換句話說，堀老師使用入口附近的置物櫃，或者說堀老師站在入口附近，對凶手而言很不方便。你們知道爲什麼嗎？」

大谷依序看著我們每一個人，像在等待學生作答時的老師一樣。

「我知道，因爲凶手不希望在換鎖頭時被看見。」

果然還是北条雅美回答。她這麼一說，我們才恍然大悟。

「沒錯。就是有這個根據，我才認爲妳的推理是正確的。」

大谷的反應令我有些意外，我以爲他一定會出言反駁。

「既然可以接受我的推理……」雅美恢復嚴肅的表情說，「那就表示高原同學有不在場證明嘍。」

「當然，妳說的沒錯。」大谷表情嚴峻地回答。

可是，我不懂兩人在說些什麼。密室和不在場證明有什麼關係？大谷爲什麼會說出「當然」二字？

「剛放學的那一段時間，凶手應該沒有不在場證明。」雅美向包含我在內的一頭霧水的眾人說明，「因爲要設下這個密室詭計，必須一放學就躲在更衣室附近，等待堀老師到來。然而，高原同學……」

雅美看著從剛才就一直保持沉默、站在我們後方的高原陽子。她彷彿聽著跟自己毫無相關的話題，面無表情地直視雅美。

「高原同學說，那一天她放學後便直接回家了，還跟鄰居的老夫婦打過招呼。」

「沒錯。」一種壓抑情感的話聲從大谷口中冒出，「因此，高原同學的不在場證明成立。可是……」

他露出嚴厲的目光，對著雅美說：「這僅限於北条同學的推理正確的情況。當然，我承認她的推理很有說服力，不過北条同學似乎斷定這起案件是單獨犯案。」

「可能有共犯嗎？」我不禁開口問。

「不能說完全沒有。調查會議上確實認爲單獨犯案的可能性比較高，因爲交情再怎麼好也不會幫忙殺人吧。然而，那只是我們根據常識所下的結論，倒是……」大谷的視線移向陽子，「調查至目前爲止，我們不認爲高原同學有那種朋友。就這個意義而言，我必須爲之前對她的諸多失禮致歉。」

他的語氣還是一樣強硬，但我能感受到他眼中含有某種程度的誠意。而且我相信大谷在還沒聽到雅美的說明之前，就已解開密室之謎，所以今天才親自過來確認推理的正確性和陽子的不在場證明。證據就是，聽了雅美的說法後，完全看不出他的神色有絲毫動搖，反而還能當場提出「溼掉的置物櫃」來佐證。

「問題在於，是誰將鎖頭掉包？」

大谷冷冷地丟出一句。這時在場眾人的腦海，肯定又浮現新的凶手人選。

高原陽子仍沉默不語。

2

北条雅美解開密室之謎的那天放學後，我沒有去看社團練習，決定直接回家。因爲現在消息傳得滿天飛，說不定社員正等著問我詳情。我覺得很煩，更何況，從今天起，爲了籌備運動會，練習時間會提前結束。

前往S車站的路上，我發現回家的學生不是很多。果然是因爲運動會在即，學生都留在學校練習或是製作道具吧。

到達S車站，我一如往常準備出示月票穿越剪票口，不經意地瞥向賣票處，頓時嚇了一跳，因為我居然發現大谷的身影。他看著價目表，在自動售票機前排隊。

等他買好票、穿過剪票口後，我才出聲打招呼。

「你好。」他一邊舉起手回應，一邊走過來。

「剛才麻煩你了。你要回家嗎？」

「是，今天有點……大谷刑警，你一直在學校待到現在嗎？」

「嗯，還要調查一些事情，不過也沒什麼大不了的就是了。」

大谷的語氣並不沉重，但少了一貫的辛辣。或許是被視為頭號嫌犯的高原陽子不在場證明確實成立，他覺得白忙一場吧。

大谷和我走向同一月台。一問之下，才知道我們有一小段是同路。

「不過我今天真的被打敗了，沒想到居然是學生來幫我解謎。」大谷緩緩走在月台上時這麼說，還故意抓一下頭。我乾脆直接挑明，其實我早已看穿他的假戲，並問：「你是什麼時候看破那個詭計的？」

他約莫聽懂了，黝黑臉上的笑容頓時消失，不再多說。我們就這樣沉默地坐在月台最旁邊的長椅上。

良久，大谷終於開口：「之前我不是給你看過照片嗎？就是掉落在更衣室旁的小鐵圈。最近我們才發現那是幹什麼用的。」

「啊……」這麼一說我才想起來，當時並沒有放在心上。

「那是幹什麼用的？」我開口問。

大谷笑得詭異，表情有點假。

「不是有句俗話說『燈塔照遠不照近』嗎？其實解開謎底的，是追查備份鑰匙的調查員。剛買來的鎖頭，包裝袋裡會附鑰匙吧。有些廠牌的鎖頭，鑰匙上會附加小鑰匙圈。起初我們以爲沒有關係，直到看見包裝袋上強調『附鑰匙圈』的文字，才想到原來如此。」

「你是指那個鐵圈嗎？」

大谷點點頭說：

「問題是那個鎖頭。我們仔細調查後發現，原來和更衣室用的是同一款。於是我們猜測，應該是某人準備了相同的鎖頭，但又是爲什麼……有人很自然地想到，可能是爲了掉包用的。只要換上跟原來一模一樣的鎖頭，接下來凶手就能隨心所欲了。可是，凶手是如何掉包的？推理到這裡便進行不下去，就差臨門一腳，卻讓我們頭痛許久。最後終於發現，如果只是更換鎖頭，凶手就有機會掉包。」

「也就是……堀老師使用更衣室的時候？」

「沒錯。當然，要看堀老師如何處理打開的鎖頭，這項推理也有可能不成立。但我和北条同學一樣，都很有自信。」

「那眞是神來之筆。」我說。

大谷苦笑著應道：

「沒那麼神啦，我們也是想破了頭，而且我們手邊還有很多資訊。」

「資訊？」

他點點頭說：

「比方，女用更衣室的一部分置物櫃是溼的，還有鎖頭的鑑識報告。畢竟我們以專業手法調查過那間更衣室。就算無法憑那些資料找出解開密室之謎的線索，至少能推翻許多錯誤的推理。從各種角度限定凶手的行動與犯案狀況，自然能掌握一定程度的輪廓。」

這麼說來，先前我詢問有沒有可能從外面將棍子卡在門內，大谷當場反駁。我還記得當時曾讚嘆他不愧是當刑警的。聽我這麼說，大谷滿不在乎地表示：

「關於頂門棍，我們一開始就先調查了。此外，對於各種密室詭計的可能性，也在調查會議上進行了許多討論。」

「什麼，有那麼多方法嗎？」

我以為自己想破了頭，結果只想出其中一種。

「其中不乏異想天開的手法，也有頗具說服力的想法。首先是自殺說，也就是村橋老師把自己鎖在密室裡服毒身亡。也有人換個角度，認為他並不是自殺，而是在不知有毒的情況下喝了果汁。」

這一點我也思考過。只是，我想不透村橋老師何必頂住更衣室的門，躲在裡面喝果汁？

「沒錯，許多人都假設頂門棍是村橋老師自己放上去的，理由卻是個大問號。有人說是凶手逼的……似乎也不太合理。」

大谷說完，傳來電車即將到站的廣播。我們暫停聊天，起身等待電車滑進月台。走進車廂，我剛好看見兩個相連的空位。

坐下後，我左右張望才壓低聲音問：「你們還想到其他什麼詭計？」

「當然就是使用備份鑰匙。另外，還有機械性的手法，也就是從外面將棍子卡在門內的方法。之前你提過，從門縫拉線的方法，有人提出可否透過通風口犯案。問題是，那種長度的木棍，不論是透過哪種方法都無法遠距離操作。」

上次大谷解釋過，將超過必要長度的木棍卡在門後需要非常大的力氣。

「整個篩選下來，最後只剩下利用某種方法從女用更衣室的入口進去，也是唯一可行的辦法。要歸納出一個結論，中間會歷經許多的迂迴曲折，只是……」大谷說到這裡，有些猶豫地停了下來。這不太像是他的沉默方式，通常他是停下來等待我的反應。

「只是什麼？」我開口問。大谷瞬間露出困惑的神情，隨即恢復原來的表情，回答：「北条雅美解開密室之謎，這件事本身讓我頗爲在意。如果她是偶然解開謎底也就算了……」

我明白大谷想說什麼，亦即他對北条雅美起了疑心。原來如此，有時爲了混淆警方的辦案方向，眞凶很可能故意親自出面說明詭計。這個男人不愧是刑警，我再次感到敬佩。

「眞要懷疑起來，會沒完沒了的。」然而大谷卻一語帶過，「不過，北条同學有不在場證明。那一天放學後她一直在練習劍道，其實我剛才就是在調查這一點。」

「原來如此。」我一邊點頭一邊想著，恐怕這個男人在調查初期也曾懷疑我。如果我是凶手、小惠是共犯，那麼一開始就不存在任何密室了。只是，大谷完全沒有表現出來。這個男人眞是厲害，當初就先確認我的不在場證明，確定我並非凶手。還好大家都知道，那一天我和小惠都參加了社團訓練。

「有一件事我實在想不通。」

雙手盤胸、閉上眼睛的大谷，姿勢不變地反問：「什麼事？」

「就是氰化鉀，難道不能從得手管道找出凶手嗎？像是高原陽子，你不是說她有管道嗎？」

例如，可以從學生家長的職業查起。若能輕易得手，我認爲通常都跟家長的職業有關係。聽了我的意見，大谷說：「家裡開鍍金工廠或修車廠的學生，的確很容易拿到氰化鉀。這方面我們仍在調查，可是目前還沒有這方面的線索。不過就我個人的意見，我不認爲從氰化鉀的取得管道可以找出凶手。」

「爲什麼？」

「這純粹是我的直覺，不一定準。只是，我認爲這次的凶手屬於冷靜思考的類型。殺人手段使用氰化鉀，往往是要讓對方無法抵抗，或是有其他不得不的理由，但這次的凶手應該是因爲相信使用氰化鉀不會產生破綻。換句話說，我猜測凶手可能是基於某種特殊原因，偶然獲得氰化鉀。」

大谷的意思是，「偶然」是無從查起的。

「可是，我想解開密室之謎後，應該能縮小不少嫌犯的範圍。就像剛才北条說的，那個詭計是因爲凶手知道堀老師的開鎖習慣，也就是凶手事先知道堀老師習慣將打開的鎖頭掛在門邊的金屬環上，才會想到這種手法。因此，放學後總是留在學校的學生，也就是參加社團的學生最可疑。」

大谷知道我是社團顧問，故意開玩笑似地閒話家常。只是今天的語氣中，少了等著看我有什麼反應的調侃意味。

「所以從明天起，你會鎖定社團學生進行調查？」

「原則上是的，雖然如此……」說到這裡，大谷便沉默不語。我明白他的意思是不能再多談了，也可以說是他的想法還沒有成熟到能公開說明的程度。

證據就是，早我幾站下車前，他始終雙手盤胸，一副若有所思的樣子。

3

九月二十日，一早便下雨。大概是雨聲吵醒了我，我比平常早十分鐘起床。吃早餐時，裕美子說「你以後要是能這麼早起，我就輕鬆多了」。

看了報紙，還是沒有村橋案子的報導。對當事人而言或許是重大事件，但在局外人眼中不過是社會新聞中的一小篇報導。我們學校不也逐漸恢復成案發之前的狀態了嗎？

我吃著吐司，收起報紙。

「對了，最近超市的工作怎麼樣？妳應該習慣了吧？」我這麼一問，裕美子不太有自信地回答：「嗯，還可以。」

今年春天起，她到附近的超市工作。倒也不是家裡的經濟有問題，而是她在家裡沒事做覺得很無聊，我接受了她的想法。由於是負責收銀，不會累得耽誤家事，她最近的臉色甚至比以前好。

只不過，我發現自從外出上班以來，她的衣服和飾品多了起來，大概是手頭比較寬裕了。可是以她的個性不像會做這種事，我感到十分意外。

畢竟不是擺明著揮霍浪費，我決定什麼都不說。

「不要太勉強自己，反正家裡也不靠妳的薪水維持。」

「我知道。」裕美子小聲回答。

只是搭乘比平常早一班的電車，車廂裡的擁擠程度竟是天壤之別。我在想是否今後都該這麼早起床，早晨的五分鐘幾乎可抵過白天的三十分鐘。

到達S站，對面月台一同進站的電車瞬間吐出了大批高中女生。和學生集團一起來到車站出口時，有人拍我後背。

「怎麼這麼早啊，發生什麼事了嗎？」

一聽聲音就知道是誰，但我還是轉頭回答：「小惠，妳也搭那班電車啊，眞是早起。」

如此說來，這三年來我從未在早晨的車站遇見她。

「早起的鳥兒有蟲吃。對了，昨天老師有什麼事嗎？爲什麼沒來社團？」小惠大聲指責，引來周遭兩、三人的目光。我感受著那些視線，反問：「是有些事……對了，關於那個案子昨天有什麼新的傳聞嗎？」

「傳聞？我不知道。什麼傳聞？」小惠驚訝得皺起眉頭。

「在這裡不方便說……」我推著小惠的背往剪票口移動。外頭依然下著雨。女學生撐起彩色雨傘的行列往學校行進，我和小惠也混在她們之間前進。

我告訴小惠昨天的解謎經過，還以爲這件事早就成爲話題，其實也還好。

「眞的嗎？北条同學解開了密室之謎？好厲害，不愧是第一名的才女。」

聽我說完，小惠稱讚北条的同時，轉動著手中的雨傘。

「那刑警接受她的推理嗎？」

「原則上是……不過，在不知道凶手的情況下，都只能算是推理。」

「也就是說，還不知道眞凶是誰嘍？」

「沒錯。」

說著說著，我們抵達學校。

走進教室大樓，正要前往辦公室時，小惠像是突然想到什麼，驚呼一聲。她說要準備運動會的事，請我午休時間到社辦一趟。大概又是化妝遊行的事吧，見我一臉不耐煩地回答「好啦，我會去」，她露出淘氣的笑容。

走進辦公室後，氣氛似乎跟平常沒什麼兩樣。情報站藤本看到我沒湊上前來，表示北条雅美解謎的消息尚未傳開。

我安心地坐下，打開抽屜取出原子筆，開始準備第一堂課的教材。因爲要用紅色鉛筆，又再打開抽屜，這時我的手停了下來。

是的，昨天我忘了將抽屜上鎖。這兩個星期以來，我感覺到生命安全遭受威脅，回家前一定會鎖好抽屜。神出鬼沒的凶手有可能將摻了毒藥的糖果偷偷放在我的抽屜裡，也有可能暗設機關，我一打開抽屜就會飛出刀子。總之在心理層面上，我無法讓身邊的東西隨時暴露在外。

可是，我昨天確實忘了上鎖，爲什麼？答案很清楚，因爲我已不像之前那麼神經質吧。

十天前，我在教室大樓旁走著，一個花盆掉了下來。素燒陶的碎片和泥土在眼前飛散開來的光景，至今仍烙印在我腦中。原本隱約的不安也在那一瞬間變成明明白白的恐懼，而且那種恐懼因村橋被毒殺而上升到最高點。下一個會不會是我？這樣的想法支配著我的心，讓我對破案表現出強烈的企圖心和在意，一點都不像平常的自己。

然而，這兩、三天，我不得不承認村橋的案子和我的遭遇是兩回事。畢竟從大谷的話聽來，不僅和我毫無關係，自從花盆偷襲以來，我也不再感受到有生命危險。

也許眞的是我想太多——我甚至開始如此認爲。

由於答應了小惠，午休時間一到，我前往射箭社的社辦。看來雨一時之間還不會停歇，我撐起傘，顧不得褲管被濺溼，來到社辦時，小惠、加奈江和宮坂惠美已在裡面。

「簡直就像是天空破了洞嘛！」見我一身溼答答的樣子，小惠如此調侃。

「看來，今天是無法練習了。」

「不過，這樣反而能專心準備運動會的事。」說話的人是加奈江。我問她爲什麼，她和小惠對看一眼，回答：「天氣好的話，就會覺得不練習射箭太可惜，導致運動會的準備工作始終沒有進度。」

「準備工作嗎？原來如此，妳們辛苦了。」

環視整個社辦後，我理解了她的說法。室內掛著紅色、藍色布片縫製的鮮豔服裝、像是獅子的布偶頭套等。或許是運動社團的學生不像文化祭上的藝文社團有向一般學生突顯自我價值的表演機會，才會在運動會的社團對抗表演賽上力求表現。

可是她們還有比賽，還有參加縣際大賽、全國大賽的目標。兩者都很重要，可惜時間太少，所以加奈江的這句話，可說是眞實傳達了她們的心聲。

「好好休息一天，專心爲這種事付出努力也不錯。」

「我們可沒鬆懈喔！」小惠補充道。我能感受到她表達參賽決心的熱忱。

「對了，找我來有什麼事？八成又是爲了小丑的裝扮吧。」

「哎呀，哪有時間閒聊啊。惠美，幫我把那個箱子拿過來。」

宮坂惠美聽從小惠的指揮，拿來一個瓦楞紙材質的小箱子。小惠粗魯地打開箱蓋，裡面裝有白色粉餅和口紅。小惠一一取出放在桌上，「這些是化妝用品。先用白粉將臉塗白，連脖子都要塗白，然後用眼線筆往眼睛畫上十字。接下來用口紅，嘴脣盡量畫得愈鮮豔愈好，要超出到臉頰才行，知道吧？最後是鼻子，只要畫成圓形即可。」

一提到化妝，她語速就很快，完全無視我的表情。

「小惠，等等！」我伸手擋在她的面前，「妳是要我自己化妝嗎？」

說來眞是丟臉，我嚇得聲音有些顫抖。

小惠反倒開心地說：「我很想幫忙，可是當天我們肯定會忙得抽不出空，所以老師還是趁今天先練習吧。」

說著，她還拍了拍我的肩膀。

「老師，加油。」加奈江拿來手鏡，放在我面前。鏡子的角落還愼重地貼上小丑的貼紙，意思是要我化成那樣。

「沒辦法，我只好自己畫了。」

我一說完，小惠和加奈江當場拍手。連乖巧的惠美也忍不住笑了起來。

之後的十分鐘，我在鏡子前面艱苦奮戰。塗白粉還好，眼線筆和口紅我實在用不慣。我在臉上塗鴉，小惠大概看不過去，伸出手來幫忙。

「正式上場那天，你要認眞畫喔。」

小惠熟練地畫出小丑的眼睛和嘴巴。因爲她太熟練了，我不禁有些擔心。

「對了，不如趁現在先拜託老師吧。」

看著我的臉慢慢變成小丑，加奈江突然想起什麼似地站了起來，透過鏡子我看到她從架子上取出我的射箭用具。

「老師上次不是答應我了嗎？要給我一支舊箭當幸運箭。我現在可以拿嗎？」她從箭袋拿出一支黑色的箭，對著我搖動。

由於我嘴邊的口紅塗到一半，只能微微點頭當作回答。

「完成了，滿適合老師的嘛！」小惠滿意地盤起雙臂。

鏡中的我變身成撲克牌中的鬼牌，讓人感覺不太舒服。這口紅給人廉價感的原因，或許就是看起來太刺眼了吧。

「不要挑剔了，人家好不容易把老師畫得認不出來耶！」

我把小惠惹毛了，其實她說的也沒錯，連我都認不出鏡中的人是自己。

「穿上衣服、戴上帽子，就更完美了。那樣的話，老師應該不會覺得丟臉了吧？」

「會嗎？好了，我知道怎麼化小丑妝了，幫我卸妝吧，馬上要上課了。」

「不如就這樣去上課吧。」小惠邊說邊往我臉上塗抹卸妝油，並用面紙擦拭。

「知道化妝的方法了，老師可以自己來吧？」連打底的白粉都卸掉後，小惠再三叮嚀。

「要不然也可以素著一張臉上場啊，老師。」加奈江一邊在我給她的箭桿上，用白色油性筆寫上自己的名字「KANAE」，一邊調侃我。

「反正到時候看著辦吧。」

「真是靠不住啊。」聽著背後這番感嘆，我走出社辦，大雨恰恰也暫時止歇。

由於操場上一片泥濘，只好繞遠路，改從體育館旁邊回去。體育館走廊上擺滿許多製作到一半、運動會用的吉祥物玩偶。有的塗上廣告顏料，幾乎已完工；有的組好骨架，才剛貼上報紙。兩、三年前，還能一眼看出仿造的是哪些卡通人物，今年每一個作品卻都很陌生，令人不得不感嘆年齡的差距。

當我走出體育館，準備撐傘時，瞥見體育館後方一名女學生的身影，不由得停下手邊的動作。而後，我撐起傘慢慢走過去。那名學生將花圖案的雨傘靠在肩膀上，佇立在那裡動也不動。前進約十公尺後，我認出那名學生是誰，同時她也察覺到我走過來，於是回過頭。四目相對時，我不禁停下腳步。

「妳在幹什麼？」

「…………」高原陽子沒有回答。看著我的眼神欲言又止，嘴巴卻閉得跟牡蠣一樣緊。

「妳在看更衣室嗎？」

她沉默不語，但我想肯定沒錯。下過雨後，破舊的更衣室看起來就像是褪了色。

「更衣室怎麼了？」

我又問，這一次她有反應了，只是並非回答我的問題，而是目光低垂，快步離去。彷彿眼中沒有我這個人似地，走過我的身邊。

「陽子……」

我並未高聲呼喚，而是在嘴裡低喃。她頭也不回地消失在教室大樓裡。

九月二十一日，星期六放學後。

我從辦公室窗口眺望操場，穿體育服的學生人數似乎比平常還多。簡單畫上白線的兩百公尺跑道上，有好幾組人在練習接棒。從她們跑步的方式就知道不是田徑社的社員，而是一般學生在為明天的運動會做最後衝刺。

其中也有小惠的身影。她說明天會參加四百公尺接力賽。她國中時打過軟式網球，想來對自己的腳力頗有自信吧。

「前島老師，明天麻煩你了。」

是誰在跟我說話？回頭一看，原來是身穿運動服的竹井，露出雪白牙齒對著我笑。

「請不要抱太大的期望，我只是基於奧運精神來湊人數的。」

「哪裡的話，我對你可是十分期待。」

我們說的是明天的比賽。因為有教職員接力賽，竹井拜託我參加。

「對了，聽說前島老師要扮演小丑？」竹井忍著笑問我，眼底卻已充滿笑意。

「怎麼連你都知道了？眞是要命，看來這消息傳得滿天飛了。」

「是啊，傳得可廣了。大概也沒有學生不知道我要扮演乞丐吧。本來藤本老師扮女裝、堀老師扮兔女郎等，作為節目的驚喜肯定很有趣，不知為何大家都知道了。」

「除了有人洩密，還會有什麼原因。」

「我也這麼認爲，如此一來，不就不好玩了嗎？」竹井說這話的神情倒是十分正經。

之後我來到射箭練習場，這裡也忙著爲明天做準備。剛才小惠說「今天恐怕無法練習吧」，果然沒錯。畢竟得以學校的活動爲重，我也認爲那是應該的。突然間，我注意到練習場的角落豎立著那個酒瓶，也就是我明天要用的道具。即使在如此寬闊的練習場上，我仍覺得酒瓶豎立在那裡相當突兀。

「不知道瓶裡有沒有洗乾淨？」

我問身旁的加奈江，她回答「當然洗乾淨了」。

我抬頭仰望天空，烏雲密布，天氣似乎不太妙，但遺憾的是，據說明天會是大晴天。

4

九月二十二日，星期日。

令人鬱悶的大雨停歇，強烈的陽光照射在操場上，教人想起夏天。蔚藍的天空一望無際，冷風乾燥，這是最適合舉辦運動會的天氣了。

我比平常提早三十分鐘到學校，在體育教師更衣室換好衣服後，隨即來到操場。只見許多學生在操場上忙碌穿梭，她們正在搬運花了一個星期到十天製作的各種吉祥物玩偶，其中還有高達三公尺的巨大玩偶。

另外，操場的各個角落有許多練習加油動作的啦啦隊，成員大多是二年級學生。旁邊還有人在跑步，大概是在練習接力賽的接棒動作。也有人在練習競走，忙著練習兩人三腳、蜈蚣競走的人亦不在少數。

「幸好放晴了。」

我站在帳棚下看著跑道發呆時，竹井走了過來，臉上浮現滿足的笑容。搞不好這次最期待運動會的人就是他了。

「說的也是，我本來很擔心這個季節常會下雨。」

「眞是太好了。」竹井抬頭看著天空不斷點頭。

田徑社的學生在操場上畫白線，進行最後的整理，在暖身的人也紛紛結束練習。

八點三十分一到，所有教職員先到辦公室集合，由松崎宣布注意事項，尤其強調要避免發生意外事故和別讓學生玩過頭。這兩點根本是老生常談。

八點五十分，鐘聲響起，同時開始廣播：集合前五分鐘，所有人到進場處集合。我們這些老師也走出辦公室。

幾分鐘後，在塵土飛揚中，總數一千兩百人開始進場。整完隊後，按照慣例首先是校長致詞。運動員精神、練習成果、團隊精神……盡是這些陳腔濫調，連身爲老師的我都聽到快睡著了。

校長致詞完畢，輪到竹井說明比賽規則，他是這次的裁判長。

比賽分爲八隊進行。採取縱向編隊，也就是一、二、三年級的A班編爲第一隊、所有B班編爲第二隊，以此類推。目的是爲了加強學生之間的縱向情感聯繫，所以相關的啦啦隊、吉祥物玩偶製作等也以此爲單位分組進行。

將近一半的比賽項目是接力賽、短中距離的賽跑，三成爲蜈蚣競走、兩人三腳、跳繩等趣味競賽，剩下的兩成則是跳高等田賽項目和大會舞表演等，總計二十項。每一項限定在十分到十五分鐘內完成。

「……所以，這次的節目相當緊湊，請大家務必嚴格遵守集合時間。此外，進場和散場也要迅速。」竹井的話聲聽起來幹勁十足。

接下來是大會操。一千兩百名女學生一起柔軟地活動身體，現場爆發的活力讓初秋的冷風也跟著溫暖了起來。

體操一結束，隨即廣播通知所有學生平均分散至運動場周圍。

「參加一百公尺短跑預賽的選手，馬上到進場門前集合。」

擔任司儀的是運動會執行委員之一，她是二年級的學生，甜美的嗓音帶動運動會即將開始的熱絡氣氛。

我坐在帳棚最角落的椅子上眺望學生的活動情形時，身穿網球服的藤本來到我身邊坐下。

「女學生穿運動短褲的樣子眞是不錯！」這竟是他的第一句話，雙眼則盯著進場門的方向。

「網球服不也一樣嗎？」

「你是指運動短裙嗎？那有什麼看頭，還是短褲好啊。」

坐在前面的堀老師回頭看了藤本一眼，藤本卻毫不在意。我眞是愈來愈羨慕這個男人的性格了。

「對了，怎麼樣？做好心理準備扮演喝醉酒的小丑嗎？」藤本嘴上這麼問我，雙眼仍盯著參加一百公尺短跑預賽的選手陸續進場。

我嘆了一口氣，「唉，我早就看開了，決定盡力醜化自己。你呢？聽說你的女裝頗受期待。」

「原來前島老師也聽說了？眞奇怪，怎麼會走漏消息？這不是最高機密嗎？」

「到處都有人傳啊，你不也早就知道我要扮小丑嗎？大家早就開始期待竹井老師的乞丐扮相了。」

「這樣化妝遊行的樂趣不就減半了嗎？」

「竹井老師也這麼說。」

閒聊之際，槍聲響起，一百公尺短跑預賽的第一組選手開跑了，同學們發出潰堤般的歡呼聲。操場上則在進行跳高比賽。青春躍動的肉體，清華女中的運動會正式開幕。

預定十點五十五分開始的四百公尺接力賽，由我負責進場門口的集合工作，點完名後進行整隊。我看見排在隊伍後面的小惠，眼神交會時，她對我微微一笑，我的嘴角也跟著稍微鬆開。

「老師參加了什麼項目嗎？」等待上場的空檔，小惠走上前來問我。大膽露在短褲外的大腿線條太過耀眼，集訓那晚的情景瞬間浮現心頭。

「我只參加教職員的接力賽，之後就是扮演小丑嘍。」我趕緊將視線從她的大腿上移開，這麼回答。

「關於遊行，有事要和老師商量，吃完午飯請到社辦一下。」

「社辦？好。」

「一定喔，千萬別忘了。」小惠不放心地再三叮嚀時，司儀宣布四百公尺接力賽開始，於是她又跑進隊伍。

當選手通過進場門時，我對她高喊一聲「加油」。包含小惠在內，那一組選手全都看著我回答「是」。

小惠那一組最後上場。一個年級有八班，所以預賽分兩次進行。四組人馬，取前兩名進入決賽。

小惠跑最後一棒，接到棒時她那一隊已名列第二，她成功維持名次。抵達終點後，我看見她對我搖晃紅色接力棒。

十二點十五分，教職員接力賽。藤本展現了他年輕的實力，就算我拚上老命也跑不過他。

「辛苦了。」回到帳棚時，竹井笑著迎接我。他沒參加接力賽。

「我簡直成了陪襯藤本老師的綠葉。」

「哪裡，前島老師跑得很好！腳步穩健，寶刀未老。」他說完一堆客氣話後，壓低聲音：
「對了，我有些話要跟前島老師說，可以嗎？」
「嗯……好。」我有些遲疑地點點頭，我們走到操場外圍交談。
跑道上正在進行四百公尺接力的決賽，小惠應該也會上場。
聽完竹井說的話，我有些驚訝地看著他晒得黝黑的臉孔。
「你是說眞的嗎？」
「眞的啊。」他露出淘氣孩童般的笑臉，「反正好玩嘛，一年只有一次，有什麼關係？」
「可是……」
「有問題嗎？」
「不是，我想應該不會有什麼問題。」
「既然這樣……」
「會成功嗎？」
「沒問題，包在我身上。」
聽著竹井充滿熱情的語氣，我不禁苦笑起來。他的體格沒話說，就連他現在的提議，都讓我覺得青春無敵。被他的熱情感染，我答應了：「好吧，我幫你。」
四百公尺接力的決賽，小惠她們得到第二名。一群不甘心的選手中，只有小惠笑得開懷，還對著我和竹井輕輕舉起右手。

午餐時間到了。我一樣坐在辦公室裡吃便當。除了身上的服裝不同外，跟平常沒什麼兩樣，其他老師的興致卻很高，連話也多了起來。話題多半集中在教職員接力賽時藤本的卓越表現，以及運動會結束後要到哪裡喝一杯，倒是沒人討論哪一隊會獲得總冠軍。

有人提到化妝遊行，在我旁邊吃飯的藤本問：「前島老師，聽說你要扮演喝醉酒的小丑，到時眞的會喝酒嗎？」

「怎麼可能，瓶裡是水。」

「所以你得拚命灌水嘍？」

「沒辦法，劇本就是那麼寫的。你問這個幹麼？」

「沒什麼，因爲剛才有人提到，我順便問問。」

「是嗎……」我沒繼續追究下去。

吃完午餐，我按照小惠的吩咐，趕緊前往射箭社社辦。來了十幾名社員，正在進行最後的服裝和道具確認。

社辦前擺著一個一公尺立方的大箱子，外面用顏料塗上鮮豔的色彩，好像是魔術箱之類的。我上前細看，是木頭做的，感覺很堅固。眞不知她們什麼時候做了這個東西。

「那個箱子做得不錯吧？」小惠靠過來說，頭上戴著紙製的黑色大禮帽。從她的裝扮來看，應該是扮演馬戲團團長或是魔術師吧……

「什麼時候做的？」

「昨天。老師不是先回去了嗎？之後我們請竹井老師幫忙做的。箱子外面貼上紙、塗好顏色已是傍晚。」

「那麼，這是做什麼用的？」

我一問，小惠嗤之以鼻，反問：「你不知道嗎？」

「就是不知道才問，看起來像是變魔術用的？」

「觀察力不錯嘛！」小惠拍手，「問題是，你猜什麼東西會從箱子裡跑出來？」

「哦，有東西會跑出來。以這個大小來看……」

突然間，我腦海閃過一個想法，同時又看到小惠露出不懷好意的笑容。

「喂，不會吧……」

「沒錯，你想的沒錯！」

「開什麼玩笑，居然想把我塞進箱子？」

「是啊。身爲魔術師的我，喊一、二、三之後，扮成小丑的老師就從箱子裡衝出來，肯定會引起轟動！」

「是喔，當然會引起轟動。」

我雙手盤胸，一臉不滿，加奈江和其他學生笑著圍上來。看來，她們的準備工作完成得差不多了。

「老師，你還是死心，乖乖進去箱子裡吧！」加奈江說，「這可是射箭社化妝遊行的壓軸。」

我舉起雙手投降，「眞拿妳們沒辦法。」

「那老師是答應嘍？」小惠探過身來，抬頭看著我。

「沒辦法啊。」所有學生像是贏得團體競賽般高喊「萬歲」，小惠笑著抓起我的手說：

「好，既然已下定決心，那就請進來吧。我來說明流程。」

辦公室裡到處散落著藍的、紅的鮮豔服裝。甜甜的粉味也比平常濃郁許多，大概是因爲她們帶了化妝品來。

角落裡堆積著幾個紙箱，小惠拿起一個，上面用麥克筆寫著「小丑」兩個字。

「這是扮小丑用的道具。只要有了這個，就能成爲小丑。」

我喃喃自語「我又不想扮小丑」，打開箱子。首先拿出一件藍底黃圓點的衣服，以及同樣花色的帽子。帽子上面還連著鬈曲的黃色毛線，連假髮也做出來了。其他還有白粉和口紅，也就是化妝品。

「等到最後一個表演項目——大會舞結束，我們就借用一年級的教室換裝。這時請老師自己找地方換裝，然後躲進那個木箱。」

一年級的教室大樓在進場門附近，大概是不希望化妝之後的模樣太早被人看見吧。

「我一個人換裝嗎？」

「老師總不能跟我們一起換衣服吧？雖然我無所謂。」

小惠拍拍我的肩膀，言下之意是「別再說傻話了」。

「老師，你要加油喔。我可是事先讓你練習過化妝的方法了。」

「箱子藏在哪裡？」

「就放在一年級教室的後方，小丑的服裝和酒瓶也會放在裡面。我先說清楚，到時請老師偷偷爬進去，千萬不要讓別人看見了。」

聽她的語氣，似乎要讓我忘記自己是老師的身分。我懶得抗議，一臉不情願地回答「知道了」。

下午的活動從一點三十分開始。

第一個項目是撐竿跳決賽。接著依序是瑞典接力賽（＊）、八百公尺接力。

我決定和小惠、加奈江坐在B隊當中看比賽。我跟她們說：「B隊大概能進入前三名吧。」

「老師眞是悠哉，因爲不是導師，哪班獲得優勝都無所謂吧？」小惠反問。

「話是沒錯。但就算是導師，我想他們對於名次也不太感興趣吧。妳們導師怎麼看？」

「這麼說來，都沒看到時田耶！」小惠一提，加奈江跟著點頭，說時田的壞話：「肯定是在帳棚裡忙著拍校長、來賓的馬屁吧。」

「不過麻生老師倒是挺熱心的，你們看！」小惠指著啦啦隊前方，可看見一個長髮束在後面的腦袋。雖然和學生一樣穿著白色體育服，不太顯眼，但的確是麻生恭子。

兩點十五分，來賓和教職員參加的借物趣味競賽開始。規則很簡單，拾起掉落在跑道上的紙片，按照紙上的規定尋找某人或取得某樣東西後，再跑回終點。上場的人不必像教職員接力賽跑得那麼辛苦，換言之，是爲上了年紀的來賓和教職員準備的節目。

槍聲響起，教學經驗豐富的老師和家長會委員開始跑步。有人一看到紙片，就抓著身旁的學生一起跑。有人大聲喊著自己所需的東西名稱，還有人發現指定尋找「拖把」，於是一個勁地往儲藏室衝。

一場笑鬧過後，接下來是一年級的雪橇賽跑。比賽方法是一個人坐在輪胎上，由另外兩個人拉著跑，相當辛苦。

「瞧，惠美上場了！」

我順著小惠指的方向望去，果然看見宮坂惠美坐在輪胎上，由兩個身材高大的學生拖著跑。她露出雪白的牙齒，笑得天眞無邪，給人清新的印象。

兩點四十五分，在學生教職員障礙賽開始之前，廣播通知所有三年級學生到進場門前集合。因爲要準備最後的表演項目——大會舞。

＊又叫異程接力賽跑。以一千六百公尺的距離來說，四名選手依次跑二百公尺、二百公尺、四百公尺和八百公尺的距離。

「輪到妳們粉墨登場了。」

我本來想調侃她們，小惠卻不理會，反而叮嚀我：

「好好化妝，別搞砸了！」

「知道啦，不用擔心。」儘管我如此回答，小惠離開時還是一臉擔心。

三點一到，三年級學生進場，同時我也站了起來。她們在操場上一字排開後，大會舞的音樂便開始播放。我聽著音樂，快步移動。

到了三點二十分，隨著進行曲的播放，司儀宣布：「終於到了今天的重頭戲，由各社團帶來的化妝遊行。大家知道誰扮演什麼角色嗎？各位熟悉的老師也都參加了演出。」

打頭陣的是幽靈集團、印地安人和騎兵隊等隊伍，現場爆出一片笑聲和喝采。果然是很棒的收場節目，將清華女中的操場帶到最高潮。

「接著是馬戲團上場，表演的團體是射箭社。」

華麗的音樂搭配拉炮音效，一行十幾人服裝特別鮮豔的團體進場了。帶頭的是馴獸師，一個人拿著彩圈讓另一個扮演獅子的人跳過去；然後是穿著緊身衣的三人組，大概是扮雜技團吧，她們做出踩鋼索、空中飛人等動作。

接下來是魔術師團體，每個人都穿著黑色燕尾服和黑色褲襪，打扮豔麗，臉上還戴著黑色面具，全場一片讚嘆聲。

那群魔術師推著一個大魔術箱，那是一個普通的木箱。她們似乎也不想用木箱表演什麼，只是滿面笑容地走在跑道上。

當她們走到操場中央時，突然停了下來。一名頭戴黑色禮帽的魔術師拿著手杖來到箱子旁邊。她向四方觀眾各行一禮後，慢慢地將手杖高高舉起。

「一、二、三！」

伴隨著她的口令，箱蓋從裡面向外翻，一個身穿圓點服裝的小丑從箱子裡跳出來。

這時，擴音器傳來司儀的聲音：「小丑出現了。各位猜猜，這個小丑是誰扮演的呢？」

小丑的臉塗白，鼻子和嘴巴抹成紅色，又戴著帽子，很難分辨出是誰。不過，仍有少數的學生交頭接耳：「前島老師挺會表演的嘛！」

小丑拿著酒瓶走路，因爲劇本設定爲「酒醉的小丑」，當然要走得東倒西歪、搖搖晃晃。演技之細膩，贏得全場熱烈的鼓掌與歡笑。

頭戴高禮帽的魔術師企圖上前指責喝醉酒的小丑，卻一直抓不到小丑，小丑拿著酒瓶滿場亂竄。

小丑逃到來賓和教職員休息的帳棚前，深深一鞠躬後高舉酒瓶，慢慢打開瓶蓋，在觀眾面前拚命灌酒。滑稽可笑的舉動惹得來賓大笑不已。

可是下一瞬間，發生了奇怪的事。

將酒灌進嘴裡的小丑，突然蹲在地上，而且是抓著自己的喉嚨倒下去，手腳也痛苦地掙扎扭動。

大家還以爲他是在表演。

我也一樣，對於他敬業的演出，感到十分欽佩。

扮演魔術師的小惠笑著走向小丑。小丑的手腳停止扭動，變成全身痙攣。

小惠正想抓起他的手時，臉色大變。她放下小丑的手，尖叫後退。

觀眾的笑聲戛然而止。

先我一步衝出去的是藤本。他身穿女裝，樣子很可笑，但此時已不會有人注意到那一點。

「前島老師，振作點！」

藤本抱起小丑，周遭聚集了一堆人，我加快腳步擠入人群。

「不，那不是我。」

所有人都看著我，大家都驚訝地看著這個扮成乞丐的人。一認出是我，大家又不禁倒抽一口氣。

我喘著氣大叫：「他是竹井老師！」

第五章

1

兩個男人被殺了。一個是數學老師，一個是體育老師。這是我第二次碰上他人的死亡，而且這一次是親眼目睹對方死去。

學生們當然陷入恐慌，甚至有人哭了出來。然而令我驚訝的不是有人哭出來，而是有許多學生爭著看屍體。除了一部分的人之外，校方要求其他學生趕緊回家，但大多數的人還是不願離開，徒增教職員的困擾。

大谷刑警的神情比之前都要嚴峻，口吻也很嚴厲。從他指揮部下的方式，不難看出他的焦慮不安，恐怕他並未料到會發生第二起殺人命案。

在來賓用的帳棚下，我和大谷不知是第幾次見面了。不同的是，過去我只是擔任校方和警方之間的溝通管道，現在我是以和案件關係最深的人的身分跟大谷接觸。

我向大谷簡單說明案發經過，雖然這不是能夠簡單說明的事，總之我還是試著這麼做，他果然露出懷疑的表情。

「你是說竹井老師參加了射箭社的化妝遊行？」

「是。」

「這是爲什麼？」

「我們交換了彼此扮演的角色，本來是由我扮演小丑。」

然而大谷似乎還是搞不清是什麼情況，於是我又告訴他以下的事。

上午教職員接力賽結束後，竹井向我提出了交換角色的要求。

「前島老師，如果只是出場丟臉，你不覺得根本沒有意思嗎？不如讓學生大吃一驚吧。學生都以爲扮小丑的人是前島老師，一旦換成是我，她們肯定會非常驚訝。」

我對他的提議相當感興趣。沒錯，我被他的青春氣息影響了。

交換角色其實很簡單。在三年級的大會舞表演期間，只要竹井扮成小丑、躲進木箱就大功告成。妝是我幫他化的，衣服尺寸也合適。因爲我的臉型、體格都和竹井相似，乍看之下分辨不出來。

原本該由竹井扮演的乞丐就由我接替。弄髒臉、換上破舊衣服，我也一樣輕易地完成變裝，但想騙過一起出場的田徑社學生恐怕就不容易了。

「前島老師，快進場前請先躲起來，只要準時和田徑社學生會合就好。萬一被認出來就承認吧，但搞不好眞的能騙過她們。」

看來，竹井打從心底陶醉在這個遊戲當中。

總之，小丑的角色交換進行得十分順利，只是我和竹井都不可能料到這個遊戲的結局竟是如此可怕。

聽我說明的時候，大谷不知抽了多少根香菸。或許是受不了我們孩子氣的行爲吧，他看上去不太高興。

「所以……」他一邊抓頭一邊問：「除了你之外，沒人知道扮演小丑的是竹井老師嘍？」

「應該沒錯。」

大谷用力吐出一口氣，右臂靠在桌子上，拳頭抵著太陽穴，彷彿想壓抑頭痛。「前島老師，這下事情嚴重了。」

「我知道。」我試圖冷靜回答，臉頰卻不由自主地抽動。

大谷低聲說：「如果你說的是事實，那麼今天被算計的就不是竹井老師，而是你了！」

我點點頭，嚥下口水，喉嚨發出「咕嘟」一聲。

「我實在搞不懂，這到底是怎麼回事？」大谷有些手足無措。

我搖搖頭說：「我也不知道，我不知道……」

我斜眼瞄了一下校長所在的方向，他坐在隔壁帳棚下，神情恍惚。與其說他不高興，倒不如說他茫然若失。

我決定將之前生命遭到威脅的事告訴大谷。反正當初答應校長的是「萬一再發生什麼事就報警」，更何況我無法繼續隱瞞下去了。

「事實上……」我據實以報。差點被人從月台推下去、差點在游泳池淋浴間觸電而死、花盆從頭上掉下來，我盡可能詳細且客觀地說明。說著說著，再度強烈感受到當時的恐懼，連我都不得不佩服自己居然能保持沉默至今。

大谷滿臉驚訝，聽完後他壓抑焦躁的情緒，責備我：「你爲什麼不早說？這樣或許就不會有新的犧牲者了。」

「對不起，我以爲是偶然。」我只能如此回答。

「算了，現在說什麼都無濟於事。總之，可以確定的是，兇手的目標是你。接下來我要按順序回溯過去發生的事，請回答我的問題。首先是化妝遊行，這是學校的慣例嗎？」

「不是，今年頭一次舉辦。」

我向大谷解釋，運動會最後一向是由各社團推出表演節目，今年決定是化妝遊行。這是由各運動社團的社長開會決定的。

「原來如此。那麼，你是在什麼時候知道社團的演出內容？」

「我不確定她們是何時定案，我是在一週前接到通知。」

「扮演小丑也是在那個時候知道的嗎？」

「是。」

「演出內容須對外保密嗎？」

「原則上……」我有些難以啓齒，大谷立刻反問：「原則上？」

「社團成員應該會跟好朋友提起吧。我要扮演小丑的事，其實已傳遍全校。不光是我，連其他老師扮演什麼，大家都知道……」

這就是造成悲劇的原因所在。兇手知道我要扮演小丑，才想到在酒瓶裡下毒吧？如果不是因爲大家都知道了，竹井也不會提議交換角色。

「我大致瞭解了，所以大家都有可能犯案。這麼一來，問題在於，是誰下的毒？運動會期間，那個酒瓶放在哪裡？」

「就在那個箱子裡，箱子則擺在一年級教室大樓的後方。至於是幾點擺在那裡的，得問射箭社社員才知道，在那之前應該是收在射箭社的社辦。」

「所以下毒的時機有兩個，一個是酒瓶放在社辦的時候，一個是放在教室大樓後方的時候。」

「關於這一點，我注意到一件事。」

我注意到的是酒瓶上的商標。午休時間我在社辦看到的商標確實是「越乃寒梅」，可是竹井倒臥在地上時，滾落身旁的酒瓶上卻貼著其他商標。也就是說，凶手並非將毒藥摻進酒瓶裡的水，而是事先準備好下了毒的酒瓶，趁機換過來。

「換句話說，有另一支酒瓶被掉包。」大谷一臉正經地分析，「如果這是事實，酒瓶應該是在教室大樓後方掉包的。關於時間點，我得問問學生。」

然後他露出窺探的目光，凝視著我，壓低聲音問：「至於行凶的動機，你有什麼頭緒嗎？有誰怨恨你嗎？」

眞是單刀直入的問法。刑警似乎會看對象改變問話方式，或許對我不需要拐彎抹角吧。

「我一向小心，希望不會發生這種事……」接下來該怎麼說，我有些詞窮，最後還是想到什麼就說什麼。「不過，誰都有可能在不經意間傷害了某人。」

「噢……老師挺溫柔的嘛。」大谷語帶諷刺，但聽起來並沒有那麼讓人不愉快。接著他移開視線，似乎突然想起了什麼。

「你去年是高原陽子的導師吧？」

心臟猛然跳動了一下，但願我的臉上沒有顯露出來。我試圖保持平靜，反問：「她怎麼了？前一個案件她應該有不在場證明吧，假如北条同學的推理正確的話。」

可是，萬一眞是那樣，我的口吻聽起來或許更像是此地無銀三百兩。

「話是沒錯，但她微妙的立場還是沒變。而且你剛剛說她的不在場證明其實不是很完美，所以這次我們也不能忽略她。她是怎樣的學生？和你的關係如何？我想聽聽你眞正的想法。」

大谷說得乾脆簡單，語速放慢，直視著我，但我內心充滿猶豫與迷惑。對我而言，高原陽子並非什麼特別的學生，只是今年春天她約我去信州旅行，我放她鴿子後，她看我的眼神顯然跟以前大不相同。與其說是滿含怨恨，其實有時還訴說著哀傷。如果我告訴大谷這件事，很可能馬上會跟命案牽扯在一塊。可是我不打算說出來，就算她眞的是凶手，我也想自己解決和她之間的問題。

「她是我的學生之一，我們之間的關係僅止於此。」我自以爲說得剛正毅然。大谷應一聲「是嗎？」便不再追問她的事。

「那麼，請問有沒有不是怨恨你，而是視你爲眼中釘的人？有沒有人會因爲你的死獲利，或是因爲你活著遭到損失？」

因爲你的死，這句話說得我又緊張起來。想到自己的生死就在一線間，恐懼不禁油然而生。沒有那種人——我準備這麼回答，我想趕緊擺脫這個話題。就在這時，腦海浮現一張臉。那是在這種情況下，會自然浮現的臉。我不知該不該說出那個名字，結果還是被大谷看出我的猶豫。

「你想起了什麼嗎？」

夕陽的反光讓我看不清大谷的表情，他肯定是露出獵犬發現獵物就在面前的眼神吧。我的心思動搖，根本逃不出他的法眼。我只好放棄掙扎，回答：「我只是猜測。」

但他沒有因此退讓，像是催促我說下去般頻頻點頭，我偷瞄了一下校長，毅然決然地說出那個名字，果然大谷聽了也有些詫異。

「麻生老師嗎？」

「是的。」我微微點頭。

「那個英文老師嗎？爲什麼？」

要回答刑警的問題，就得提到她和校長兒子的婚事。更麻煩的是，也得說出過去她和我失戀的好友K老師之間的一段糾葛。也就是說，知曉麻生恭子男性經歷的我，將會致使她錯失飛上枝頭當鳳凰的機會。

「原來如此，所以她有動機。」大谷撫著臉上的鬍碴，發出「唰唰唰」的聲音。「只是，這能否構成殺人的理由就令人存疑了。」

「你說的沒錯，但也不能一概而論。」

還是得看麻生恭子究竟是怎樣的女人，而我當然是看不透她。

「既然說出了這件事，我想跟你確認一點。」

我問大谷，警方是否認爲這次的案子和村橋的案子是同一兇手？不同的答案自然會產生不同的看法。大谷交抱雙臂，回答：

「老實說，我無法立刻下結論。可是，根據法醫的說法，竹井老師十之八九是中了氰化鉀的毒，換句話說，跟村橋老師一樣，不能說兇手沒有搭便車的可能性。只是我認爲，這次應該是同一兇手。」

還算是合理的推論，每個人都會這麼想吧。只是這麼一來，麻生恭子的嫌疑就被排除了。

「假如麻生老師和村橋老師之間有特殊關係，那麼上次和這次的案子，她的動機都說得過去。可是，當時麻生老師有明確的不在場證明。」

也就是放學後她一直待在英語會話社，這還是大谷告訴我的。

「你說的沒錯。」大谷露出苦笑，微微搖頭後，大嘆一口氣。「剛才聽你提到麻生老師，我馬上就想到這一點。不過，聽了你這麼有意思的說法後，我們有再次調查的必要。」

言下之意是，想嘗試推翻她的不在場證明。這麼一來，上一個案件就不能無視有共犯的假設，只是目前看來可能性很低。

「你想到什麼其他的事嗎？」大谷問，我搖頭否定。

村橋和我——除了我們都是數學老師外，沒有任何共通點。假如凶手既非陽子也不是麻生恭子，該如何找出凶手殺害我們的動機？我眞想直接請教凶手。

「好吧，假如還想到什麼，請立即通知我。」

大概覺得多說只是浪費時間，大谷決定放我離開。我禮貌性地回答「我會再想想」，其實毫無自信。

下一個被訊問的是小惠。她和大谷談話時，我坐在離他們不遠的椅子上看著。她的臉色很糟，似乎有點冷到的樣子。

我和小惠一起離開學校，是在傍晚六點過後。我們遭遇報社記者的採訪攻勢，從來沒被那麼多閃光燈攻擊，一時之間感到頭昏眼花。

「老師，有點不妙吧？」小惠一臉嚴肅地說。她似乎想用這句話來緩和僵硬的氣氛。

「唔……是啊。」我只回一聲，舌頭便打結了。我甚至無暇多想，實在丟臉。

「老師沒有什麼頭緒嗎？」

「嗯……」

「那就只能問凶手嘍？」

「是吧。」

我邊走邊眺望附近的社區大樓窗戶。星期日傍晚正是一家人坐著吃晚餐、看電視的時間吧？窗口透出的燈光似乎象徵著這般平凡的幸福。爲何我得經歷這種事？與其說是生氣，我更覺得無奈。

「對了，小惠，刑警好像問妳問得很久……」

「是啊，問了我好多事。先是問魔術箱什麼時候從社辦搬到教室大樓。我回答是在午休結束後，所以是下午一點左右吧。」

換句話說，酒瓶被掉包是在下午的比賽期間，根本無法鎖定是哪一段時間。

「還有呢？」

「有誰知道魔術箱就放在一年級的教室大樓後方？」

「原來如此，那妳怎麼回答？」

「當然是射箭社社員，還有使用一年級教室準備換裝的其他社團的人也可能知道。更重要的是，搬運途中也許有人看到了。」

最後仍無法鎖定嫌犯，不難想像聽了小惠的說法，大谷拚命抓頭的樣子。

2

我回到公寓是在晚上七點左右。本來運動會結束要和其他老師去喝酒，十點過後才會回家。這麼早回來，裕美子應該很驚訝吧。而且知道原因後，她內心的驚訝肯定會多幾十倍。

按了門鈴後，我等了一段時間，這種情況倒是少有。我心想她可能不在家，正在掏口袋裡的鑰匙時，聽見「喀擦」的開鎖聲。

「你回來了，怎麼這麼早？」

裕美子的臉頰有些泛紅，可能是光線的關係，但我確實聽見她的喘息聲。

「是啊。」

我不想在玄關就讓她受到衝擊。我在電車上也想過，該在哪裡說出今天的事？結果沒有想到什麼好主意，就這樣踏進屋裡。

我脫去上衣，不經意地瞥見邊桌上的電話，不禁感到納悶。話筒拿了起來，上面蓋的布套也有些凌亂。

「妳在打電話嗎？」我問。

裕美子將我的上衣收進衣櫥，反問：「沒有啊，幹麼這麼問？」

一聽到我說話筒沒掛好，她慌張地過來收拾後，難得不太高興地解釋：「是我白天跟媽講電話啦。你怎麼專門注意這種小地方？」

我的確變得相當敏感，就連早就看慣的室內，也能隨時發現哪裡不太一樣。

說到敏銳的感覺，我發現此時裕美子有點心不在焉，但我沒說出口。

裕美子立刻著手準備晚餐。因為今天我本來會外食，她沒有準備什麼菜，餐桌上擺出比平常更簡單的菜色。

我看著報紙上的文字，不知該如何說出今天發生的事，可是不說又不行。

等裕美子也坐在餐桌旁，開始盛飯時，我開口：「今天有化妝遊行。」

「你說過了。」她一邊盛味噌湯，一邊敷衍我。

「竹井老師被殺了。」

什麼？裕美子停下手，睜大眼睛看著我，彷彿一時之間無法理解我在說什麼。

「被殺死了，竹井老師被人下毒了。」我極力壓抑情感說明。

裕美子忘了眨眼，嘴巴開開闔闔，卻發不出聲音。

「竹井老師在化妝遊行中扮演小丑，當時他拿起酒瓶喝了裡面的水，毒藥疑似就下在水裡。」

「誰會做那種事……」裕美子好不容易出聲這麼問。我搖搖頭，「不知道。警方認爲和殺害村橋老師的凶手應該是同一人。」

「好可怕，會不會還有下一個目標？」裕美子眉頭緊蹙，露出不安的表情。我說出讓她更害怕的事實。

「下一個就是我。」聽到這句話，她的表情僵住了。隔著味噌湯和白飯冒出的熱氣，我們互望對方半晌，她才終於擔心地開口：「這是怎麼回事？」

我用力吸了一口氣後說：「本來小丑應該是由我扮演。凶手算計的是我，恐怕還會找機會對我下手吧。」

「騙人的吧……」裕美子一時語塞。

「是眞的，只有我和竹井老師知道交換扮演小丑的事。當然凶手也……」

我們又陷入沉默，她凝望半空良久，那雙有些充血的眼睛才轉向我，開口：

「你有什麼線索嗎？」

「沒有，所以才覺得莫名其妙。」

「有沒有怨恨你的學生……」

「我和學生之間應該不至於有怨恨的關係吧。」

腦海浮現出高原陽子的臉。對於這次的案件，大谷應該會格外愼重地對她進行調查，或者已調查過她的不在場證明。

「那你打算怎麼辦？」

「什麼怎麼辦？」

「要不要向學校請假？」

「不，目前我還沒遞假單，我只是決定盡量不要一個人行動。」

「是嗎……」

我以爲裕美子會更慌張，她卻比想像中平靜。接著，她彷彿陷入沉思，盯著自己的手掌，視線卻像是看著遠方。

九月二十三日，星期一，秋分。

不光是國定假日，平常不用去學校的日子，我習慣在床上窩到十點左右，再悠閒地起床、吃早餐，但今天我七點半就起床了。

昨晚擔心會失眠，我喝了不少兌水威士忌，反而更亢奮，只記得自己不斷在床上翻來覆去，到了半夜兩、三點才有些昏沉，但天一亮又自動醒來。

在這種情況下，心情當然很糟。在洗臉台前梳洗時，我也覺得自己臉上毫無生氣。

「你今天起得眞早。」原本睡在我身邊的裕美子，不知什麼時候已穿好衣服站在那裡。她的臉上也有疲倦之色，有幾絲頭髮沒束好，更顯得神情憔悴。

我走到門口拿報紙，然後坐在客廳看社會新聞版面，找到「小丑被毒殺？」的標題，篇幅比預想的小很多。

報導內容只寫了我們昨天的證詞，並未提到眞正該扮演小丑的人是我，這一點必須對媒體保密。

吃著麵包和咖啡、沒什麼對話的無趣早餐時，電話鈴聲響了。裕美子立刻起身，可是在接起電話前，我看見她瞄了一下時鐘。

她客氣地說了兩、三句話後，捂住聽筒輕聲說：「是教務主任打來的。」松崎的話聲跟昨天一樣沒精神，言語空洞地問候我的狀況後，才說明打來的目的。

「其實，我剛剛接到家長會的本間先生來電。」

「噢……」

那是一名家長會委員。這種時候，對方想說什麼？

「他說昨天在運動會舉行期間看到那個酒瓶。」
「他看到什麼樣的酒瓶？」
「本間先生不敢斷言，只是擔心那會不會就是凶手事先備好的下毒的酒瓶。」
「他在哪裡看到的？」
「說是在儲藏室。本間先生參加借物趣味競賽，接到找拖把的指令，所以去了儲藏室。當時他看見那裡有一個酒瓶。」
「…………」
如果眞的是那個下了毒的酒瓶，酒瓶就是在那之後掉包的，可以縮小凶手犯案的時間範圍。
我趁勢追問：「通知警方了嗎？」
「不，還沒，我想應該由前島老師通知比較好。」
換句話說，他是想將跟案件有關的事都推給我。寧可花時間找我當傳聲筒，也不願意自己行動，說穿了只是不想惹麻煩上身吧。
「我知道了，我來跟對方聯絡吧。」
聽我這麼一說，松崎彷彿得救般拚命道謝。我不想浪費時間，問到本間的聯絡方式後，便趕緊掛上電話。
打電話到S警署時，大谷還沒外出。聽見我的話聲，他的語氣比昨天開朗，透露自己正要前往清華女中。

我將松崎的話原封不動地告訴他，不出所料，大谷的反應不小。

「這是重要的線索，應該可以期待調查會有相當程度的進展。」透過電話線感受得到他言語中的熱情。

因爲大谷表示要立即展開調查，我告訴他本間的聯絡方式。本間是做生意的，接到警方的聯絡，隨時都能趕到學校吧。

掛上電話，我跟裕美子說要去學校，她馬上緊張地勸道：「今天好歹待在家裡吧……」

「今天放假，凶手應該不會去學校。」

匆匆吞下麵包和咖啡後，我隨即準備出門。與其悶在家裡無所事事，還是活動一下身體比較好。穿上牛仔褲和運動衣，感覺心情也輕快了起來，我多久沒在假日去學校了？我開始翻閱記憶。

「我傍晚就會回來。」說完要套上鞋子時，客廳的電話鈴聲又響了。我要出門了，原本想讓裕美子去接，可是聽到她說話的方式，我不禁停下腳步。好像是我老家打來的。

「是大哥打來的。」裕美子果然這麼說，叫住了我。

大哥難得打電話給我，想也知道是爲了什麼事。但一拿起話筒，聽見大哥粗厚的嗓音、不怎麼親切地自說自話，還是有點令人懷念。

不出所料，他看到今天早上的報紙。你們學校出了命案，你還好吧？媽很擔心你，偶爾也該回來讓她老人家瞧瞧。大哥平常不太健談，說了這些已讓我十分感動。然而，我只應一句：「你們不用擔心。」

再度走下玄關時，電話鈴聲又響了。我不耐煩地回頭看了一下，因爲裕美子沒叫住我，便直接開了門走出去。

只是，走下公寓的樓梯時，我覺得不太對勁。第三通電話打來時，裕美子說話特別小聲，小聲到聽不見。

3

到達學校後，我看見停車場上有兩輛警車。另外還有數輛車子，說不定也是警方開來的。運動場上不見大谷他們的身影。彷彿時間靜止般，沾滿塵埃的吉祥物玩偶，從昨天就一直望著天空。

一年級教室大樓的一樓，隱約可見穿白衣的男人身影，因爲也看到制服警察，我趕緊走過去。

走到教室大樓的入口，我才發現竟然聚集了那麼多人。他們都站在收納掃除用具、操場整地工具的儲藏室門口。在一群強壯的男人當中，我發現身材矮小的家長會委員本間。見我想靠近，一名年輕警察立刻出面阻擋，露出「閒雜人等不得進入」的恫嚇目光，我嚇了一跳。

「前島老師！」

就在這時，大谷從人群中舉起手走出來，今天的他比平常更顯得精力十足。

「辛苦了。」我點頭致意，大谷擺擺手說：「謝謝老師打電話給我。託你的福，看來有很大的收穫。」

他露齒一笑，接著在旁邊的洗手台洗手。

「我問過本間先生了。」

大谷轉述和本間的談話內容，用手帕擦乾手。他的手帕很潔白，我有些意外。

他們的談話內容跟松崎說的差不多。本間在借物比賽中是第三組上場，拿到的指定題目是「拖把」。他問身旁支援的學生哪裡有拖把，學生笑著說儲藏室，於是他來到儲藏室打開門一看，立刻發現要找的東西，只是當時他也注意到放在角落的一個紙袋。本間說「當時我覺得那個紙袋很新」，好奇地看了一下袋裡。裡面是一支酒瓶，裝有兩成滿的液體。本間心想大概是誰的東西吧，拿了拖把就離去，但還是覺得有些奇怪。

「根據節目表，教職員、來賓參加的借物比賽是下午兩點十五分開始。當時是否按照預定時程進行？」大谷看著淡綠色的紙張問我，那是昨天運動會的節目表。

「幾乎都準時進行。」我回答。

「所以凶手掉換酒瓶的時間，是在兩點十五分以後嘍。對了，儲藏室上了鎖嗎？」

「平常不太……應該說幾乎不上鎖吧，至少我沒看過上鎖的儲藏室。」

「原來如此，所以凶手才會想到放在那裡吧？」大谷恍悟般不斷點頭，「啊，原來的那個酒瓶，被丟棄在距離魔術箱放置地點約幾公尺外的草叢裡。畢竟凶手無法帶著那種東西到處跑吧。」

「指紋呢？」

「有，上面是有一些。不過我想可能是射箭社社員和你的指紋，我不認爲這次的凶手會犯下這種基本錯誤。」

此時，一名制服警察從教室大樓走出來呼喚大谷。他沒回應，而是舉起剛洗過的右手，看著我說：「總之，爲了避免出現第三個犧牲者，我會朝這方面調查下去。先這樣了。」

說完，大谷轉身離去。我目送他寬闊的西裝背影，思索他剛剛說的「第三個犧牲者」。

看到調查員積極展開行動，我決定去辦公室。一來是現場沒有我幫得上忙的地方，二來我想一個人安靜思考。

辦公室沒有其他人，我雖然是抱持假日絕不上班主義的人，卻也聽說辦公室隨時都有人，不過今天沒人想來這裡吧。

我坐在位子上，先拉開抽屜取出昨天的節目表。看來，從今天起還是得鎖上這個抽屜。

將節目表攤開放在桌子上，我回想昨日的情景。在學生的汗水和熱氣烘托下的歡樂氣氛，逐漸在我心中復甦。當然，我這麼做不是爲了徒增感慨。

14：15　來賓、教職員借物趣味競賽

14：30　雪橇賽跑（一年級）
14：45　學生教職員對抗障礙賽
15：00　大會舞（三年級）
15：20　化妝遊行（運動社團）

家長會委員本間參加的是借物趣味競賽第三組，所以在儲藏室發現酒瓶應該是下午兩點二十分左右。我和竹井為了變裝前往教室大樓後方，則是在大會舞開始前的三點。換句話說，酒瓶是在這四十分鐘內被掉包的。

掉包所需的時間——我試著在腦中重組凶手的行動。到儲藏室要兩分鐘，從儲藏室走到教室大樓要兩分鐘，掉包完將原來的酒瓶丟到草叢裡，佯裝若無無事地回到座位上要三分鐘，合計是七分鐘。然而，我不認為實際上會如此順利，既不能讓別人看見，還得愼重行動，不可留下指紋之類的痕跡，所以為了小心起見，凶手應該是預留了十五分鐘作案。

接著，我試著推測凶手的心理。我認為凶手看了借物比賽，當然也目睹本間前往儲藏室拿拖把。這時凶手的心思肯定完全集中在儲藏室裡那個下了毒的酒瓶，因此凶手會不會認為至少在借物比賽的時候，不要靠近儲藏室比較好？畢竟不知道有誰、會在什麼時候走進來。

再來，值得注意的一點是，凶手並不知道我的換裝時間。化妝遊行是三點二十分開始，凶手只知道會在那之前換裝，至於是五分鐘前還是二十分鐘前就無法得知了。

安全起見，凶手必須在半小時前，也就是兩點二十五分左右掉包酒瓶。這是我的推理，不曉得是否正確？這麼一來，凶手的行動時間只剩下借物比賽結束的兩點三十分到五十分的二十分鐘而已。所以……

凶手必須在兩點三十分雪橇賽跑開始後立即行動。反過來說，這段時間內有不在場證明的人就不是凶手。

那麼，高原陽子呢？她是三年級，應該參加了三點開始的大會舞。參加比賽的人必須在前一項比賽開始之前，於入場門口集合並接受點名。學生教職員對抗的障礙賽是在兩點四十五分開始，所以她理當是在入場門附近。只是，時間這麼緊湊，無法當作不在場證明吧。

看著窗外的景色，我心想接下來的事還是得問本人。窗外是陰天，不禁令人懷疑昨天放晴是假的，宛如呈現了我現在的心境。

大概是睡眠不足的關係，我靠在椅子上自然睏了起來。打了一個大哈欠，眼角擠出淚水。明明身心俱疲，晚上卻難以成眠，真是諷刺。

發了好一會呆，走廊傳來大步奔走的聲音，我頓時驚醒。腳步聲在辦公室前停下，一股毫無意義的不安掠過心頭，我不由得心生恐懼。

門突然開了，我嚇一跳。站在門口的是一名制服警察。他環顧室內後，對我點頭致意說：

「可以麻煩老師協助調查嗎？有些事情想請教。」

我看了一眼手表，我來這裡已超過一小時。思考的事情並不多，可見我打瞌睡的時間出乎意外地長。我答應後，按著額頭起身。

我被帶到儲藏室旁邊的小會議室，那是學生會執行委員開會常用的房間。四面都是牆壁，除了桌椅之外，空無一物的房間，倒是跟袖子挽起的刑警很協調，幾乎令人忘了這裡是學校。

三名刑警聚在小會議桌旁低聲交談，一看到我來，除了大谷以外，其他兩名刑警隨即起身出去。留下的大谷滿臉笑容地迎接我說：「有了一點進展。」

說話的同時，他指著椅子要我坐下。我坐好後問他：「有什麼進展？」

「就是這個。」大谷從腳邊拿起一個裝在大塑膠袋裡的紙袋。

「是在某處發現的。不用說，這就是裝那個酒瓶的紙袋。剛才請本間先生確認過，應該錯不了。」

「你說的某處是……」

「待會再說……倒是你對這個紙袋有印象嗎？有沒有在哪裡看過誰拿著？」

紙袋是白底印有藍色細格花紋，中央寫著「I LIKE YOU!!」的小字。對我們的學生來說，是有些樸素的花樣。

「沒什麼印象。」我搖搖頭，「因爲校方禁止學生帶紙袋上學。」

「不是的，沒必要限定在學生身上。」話雖這麼說，我也沒有觀察別人帶的東西的習慣。

「也許藤本老師會比較清楚吧，他對這種事倒是很熟悉。」

「好的，我會再請教他。接下來換個話題，在這棟教室大樓的西側不是有幢小屋嗎？」

「你是指體育倉庫嗎？」話題突然轉變，我有些困惑。
「沒錯，裡面有欄架、排球等體育用具。不過，其他還有十幾個紙箱，那是要做什麼用的？」
「紙箱？」反問之後我才想起來，於是回答：「那是用來裝垃圾的紙箱。運動會後總是會產生大量垃圾，所以今年準備了紙箱。」
「從今年開始嗎？學生知道這件事嗎？」
「什麼？」好奇怪的問題。看到我有點遲疑，大谷放慢語速，再次問道：「我的意思是，學生都知道體育倉庫裡的紙箱，是要用來當垃圾箱的嗎？」
「應該不知道。如果一開始就說學校備有紙箱，恐怕學生會肆無忌憚地製造垃圾，但也沒誇張到需要保密。」
「我懂了。問題是這個……」大谷又拿起紙袋，「其實這是在其中一個紙箱裡發現的。爲什麼凶手會丟在那裡？大概是凶手沒想到紙袋會成爲破綻，只想到能盡快處理掉的場所丟棄吧。可是教室和辦公室都鎖上了，焚化爐又太遠。於是凶手想到這些要當垃圾箱使用的紙箱——應該是這樣吧？那麼，有誰會想到這一點？」
「你是指教師嗎？」說出這句話時，我感受到自己臉頰僵了，手心也在冒汗。
「最好不要急於判斷，我只是認爲，應該不是學生幹的。」
我想到的是麻生恭子，恐怕大谷跟我想的一樣。

我試著回想剛才在辦公室推理出的犯案時間。根據我外行的推理，犯案時間是在下午兩點三十分到五十分之間的二十分鐘。這段時間麻生恭子在做什麼？我突然想起她跨越欄架的身影。對了，那是學生和教職員對抗的障礙賽。

「不好意思，有沒有昨天的節目表？」看著我陷入沉默又突然開口要節目表，大谷有些錯愕，但還是從西裝口袋掏出淡綠色的節目表給我。

14：45　學生教職員對抗障礙賽

我從節目表上抬起頭，指出這一點說：「兩點四十五分麻生老師參加了這項比賽。也就是說，在那之前的雪橇賽跑開始的時候，她應該是去入場門口集合了。」

對於犯案時刻，大谷應該也有一番他的推理，就算和我的推理有所出入，他應該懂得我這句話的意思。

「你是指，麻生老師不是凶手？」大谷慎重地問。

「至少在現階段，應該不可能是她。」說著，一股深深的不安包圍了我。

4

九月二十四日，星期二。

學校簡直像是發布了戒嚴令，氣氛相當緊張。平常總是有人談天說笑的辦公室裡，大家都猶如貝殼閉口不言，搞得氣氛很差。這次連學生也受到打擊，每間教室都安靜到詭異的程度。

只有一個人嘴巴動得比平常勤快，那就是松崎教務主任。一大早他桌上的電話就響個不停，也有媒體來電，但大部分是學生家長打來的。不知對方都說了些什麼，總之松崎從頭到尾就是道歉。

在這種情況下，根本無法好好上課。老師幾乎都是時間一到，就去教室教完課本內容，再回到辦公室。

第四堂課結束後，刑警又來到學校，更加激化了原本肅殺的氣氛。他們很自然地占據會客室，要求某人接受訊問。聽到那個名字，松崎等人大爲震驚，只有我心知肚明，偷偷看著名字的主人——麻生恭子。

突然被點名，她的臉色大變，搖搖晃晃地站起來，好似夢遊者般跟在松崎身後。她的舉止看起來像是不知被找去的原因茫然若失，在我眼裡卻是難掩倉皇失措。

其他老師無言地目送她離去後，便做出各種揣測，幾乎都是不負責任的中傷，根本不值一提。只有小田老師的說法，讓我有些在意。

小田來到我身邊，以旁人聽不見的音量說：「昨天刑警突然來問我事情。」

「刑警去找你嗎？」我感到很意外。

他點點頭，「他們問了一個奇怪的問題。問我昨天運動會參加了學生教職員對抗障礙賽，是否跟麻生老師待在一起，我說沒錯。對方又問在進場門口集合時，麻生老師有沒有遲到？我本來想回答沒有注意到那麼小的事情，但仔細一想，的確有那麼回事。因爲她遲遲不出現，我還在想要調整上場的順序。最後她趕上，也就沒事了……這件事跟命案會有什麼關係嗎？」

他偏頭露出不解的神情，我只應一句：「這個嘛……」

不用說，他的證詞對警方的調查起了很大的作用。昨天和大谷交談時，我們認爲麻生恭子有不在場證明，卻被小田的證詞推翻，結果就是她今天被刑警訊問了。

自她被叫去已過十分鐘，校長也找我過去。我心情沉重地踏進校長室，只見校長鐵青著臉坐在辦公桌前。

「這是怎麼回事？」他語帶不滿，「爲什麼麻生老師會被帶走？」

「她不是被逮捕，只是接受訊問。」

聽到我的解釋，栗原校長還是搖頭，難以接受。

「我沒心情跟你玩文字遊戲。我不是交代松崎跟那個叫大谷的刑警說，有事找你就行了嗎？你倒是說說，爲什麼她會被警方找去？」

聽得出栗原校長努力克制著怒氣，但從他發紅的臉頰和耳朵，可知他的怒氣已到達頂點。在這種狀況下，跟他打馬虎眼是沒用的，於是我下定決心說出一切。從麻生恭子是怎樣的女人到那個酒瓶被掉包的事。當然，我也做好心理準備，栗原校長聽了心情會更差。

我說到一半時，校長雙手抱胸，閉上眼睛，臉上浮現苦澀的神色，一動也不動。聽完後，校長依舊維持這個姿勢，半晌才開口，但他的怒氣已消失。
「總之，她是爲了隱藏自己的男性經歷才殺人？」
「還不能確定。」
「不過她的男性經歷已不符合我的期待。」
「…………」
「你明明知道卻不說，爲什麼？」
「我不想中傷他人，而且我也不清楚她現在的交友情況，加上校長似乎對她很滿意……」
聽到最後一句話，校長以爲我在諷刺他，表情扭曲，恨恨地說：
「夠了，你的意思是我沒有看人的眼光。」
「那我告退了。」我起身準備離去。我以爲校長要說的就是這件事，然而校長叫住我：「等一下，你的想法呢？你也認爲她是凶手嗎？」
「不知道。」這是我的眞心話，並不是對校長有所顧忌。「這次的案件確實對她不利。可是上一次的案件，她擁有確切的不在場證明。對於這一點，刑警也很頭痛。」
「不在場證明嗎？」
「還有，這次的案件有許多疑點。爲什麼凶手會採取如此大膽的手法，在眾目睽睽下殺死小丑？這也是其中一個謎。」
這是我頭一次說出一直放在心上的疑問。如此惡劣的犯案手法，我無法想像是麻生恭子下的手。反過來說，假如她是凶手，應該不會搞得那麼麻煩吧？

「我知道了，總之暫時觀察一下情況吧。」

校長露出難受的表情，但說出來的話依舊不改他的作風。

走出校長室、要回辦公室時，發現學生擠在公布欄前，我也停下腳步湊上去。看到公布欄上的告示，我大吃一驚。上頭是昨天大谷給我看的那個紙袋的照片，照片旁寫著以下文字：

「凡是對這個紙袋有印象者，請跟S警署聯絡。」

這也算是一種公開搜查吧？總之，兩件命案發生在同一所學校的情況下，警方會這麼做也不奇怪。

我在聚集的學生中，發現認識的面孔，直接問她們對那個紙袋有沒有印象。她們想了一下，都回答沒有印象。

回到辦公室，我先看了一下麻生恭子的桌子，她不在座位上。我以為她還在會客室接受調查，卻注意到她的桌子收拾得很乾淨。我走向藤本，低聲詢問麻生恭子的行蹤。他似乎怕別人聽見，刻意壓低聲音。

「她回來過，然後就直接早退，好像跟教務主任請假了。」藤本回答後，又問：「她剛剛才走出去，你們沒在走廊上碰到嗎？」

「沒有……謝了。」

我道謝後，回到自己座位，著手準備第五堂課所需的教材，然而思緒就是無法跟上。村橋的屍體、竹井的屍體，像是停格畫面，在我腦海浮現又消失。

我起身衝出辦公室。穿越走廊時，上課鐘聲似乎響起了，我充耳不聞，拚命往校門口衝。來到大門口，我才看見麻生恭子的背影。那穿藍色長裙的背影即將走出校門，我連忙加快腳步。

在她踏出校門的瞬間，我出聲叫住她，她似乎嚇了一跳，停下腳步回過頭。只見那端正的五官歪曲得相當厲害。

數秒間，我們不發一語地互相對峙。她大概是找不到話說，我也不清楚自己爲什麼要追上來。

半晌後，她終於找到話語。

「有什麼事嗎？」

她的語氣意外平靜，恐怕是努力裝出來的吧。

我開門見山地問：「人是妳殺的嗎？」

她彷彿聽到意想不到的話，頓時睜大眼睛，接著像是覺得十分滑稽似地笑了。只是笑到一半便轉爲生氣的表情。

「你問這種話不是很可笑嗎？明明是你向刑警提起我的。」

「對妳而言，我就像是眼中釘。我不過是說出這個事實而已。」

「那麼我在這裡跟你說，我不是兇手，你會相信嗎？」

看我不知如何回答，她的嘴角歪曲，露出笑容說：「你怎麼可能相信呢！那些刑警也一樣。可恨的是，我無法為自己的清白作證，我只能安靜等待……」

汩汩流出的淚水讓她無法繼續說下去。這是我頭一次看到她流淚。看著不甘心的淚水沿著她的臉頰滴落，我的心情也跟著動搖了。

「現在我說什麼都沒用，我也不想說什麼。只是，我要給你一個忠告。」麻生恭子轉過身，「繼續追查我事情也不會有任何進展，眞相在完全不同的地方。」

她不等我回答便邁開腳步，搖搖晃晃地逐漸遠去。

我的心依舊很不安穩。

5

從這一天起，學校禁止所有社團活動。放學時間自然也提前，過了下午四點半校園內幾乎已看不見學生的蹤影。

在這種狀況下，老師也不方便繼續留下，平常到了六點還很熱鬧的辦公室，很快變得安靜無聲。

只有刑警幹勁十足、到處走動，其中有些人為了找出線索，拚命在校園內來回嗅聞，一名年輕刑警甚至翻遍所有的垃圾桶。

六點一過，我也準備回家。本來想跟大谷打聲招呼，卻沒看見他的身影，或許已回警署。年輕刑警送我到S車站。他的年紀和我差不多，目光異常銳利，讓人覺得他應該經歷過不少危險。相信不久之後，他也會擁有跟大谷相同的獵犬般的雙眼。

根據那名自稱白石的年輕刑警的說法，麻生恭子的不在場證明似乎無法成立。她雖然參加了學生和教職員對抗的障礙賽，但正如小田老師所說，集合時她遲到了。她解釋了那段時間的行動，可是沒有人證，她的說法也很不合理。

「說是去上洗手間，可是去了將近十五分鐘。不能一口咬定有問題，但就是令人在意。」

白石的語氣有些急躁，他似乎完全將麻生恭子當成凶手了，或許是因為他還年輕吧。

「可是在村橋老師的案子，她有不在場證明，不是嗎？」

看著自己被夕陽拉長的影子，我提出質疑。身旁白石的影子側著頭說：「那就是問題所在。就狀況來看，應該是同一凶手所爲。然而，爲了解決這個矛盾，提出複數人犯案的假設，於是就有『共犯是誰』的問題。目前我們的方針是，不管第一個案件的影響，繼續深入調查第二個案件。」

只要讓麻生恭子認罪，就能解開所有的謎——他的話給我這種感覺。或許他是那樣想的，不過我很在意麻生恭子剛才說的話。「眞相在完全不同的地方」——我認爲這句話聽起來不像是硬掰或是虛晃一招的說詞。那麼，「眞相」到底是什麼？麻生恭子知道嗎？

我在S車站前和白石刑警道別，他用洪亮的嗓音對我說：「路上小心。」

我在電車上重新整理截至目前的狀況。因爲發生太多事，我可能遺落了什麼重點。

首先是進入新學期後，我的生命有了危險。接著是九月十二日，村橋在更衣室被毒殺，而更衣室是密室狀態。高原陽子雖有嫌疑，但缺乏決定性證據，之後更因爲北条雅美解開密室之謎，她以不可能做到的理由逃過了調查。

然後是九月二十二日，竹井在運動會上代替我被殺。凶手將化妝遊行用的酒瓶換成摻毒藥的酒瓶。根據家長會委員本間的證詞，大幅縮小了犯案時間的範圍，而且用來裝毒酒瓶的紙袋被棄置在倉庫紙箱裡。只有教師知道那些紙箱將當作垃圾箱使用，這個原因再加上我的證詞，使得麻生恭子涉嫌重大，這是目前的狀況。

想到這裡，唯一能說的是凶手形象模糊不清。關於村橋的案子，凶手的行動經過縝密的計畫，幾乎沒有留下線索。村橋本身的行動也有許多疑點。相對地，在竹井的案子中，凶手的行動則太複雜。我之所以逃過一劫，完全是運氣太好的緣故。更令人在意的是，這次的殺人舞台未免太過花俏，犯案手法粗糙到容易被一眼看穿。

凶手會是麻生恭子嗎？如果不是，又會是誰？那個人到底看出我和村橋的什麼共通點，才會認爲我們都該死？

我陷入沉思，猛然回神發現電車已靠站，趕緊跳下車。

出了車站後，天色逐漸變暗。路上行人寥寥可數。這附近沒什麼商店，街燈也很少，顯得分外淒清。

繼續往下走，民宅變得更少，旁邊是某中小企業的工廠，路的另一邊則是停車場。我看著那些車子，準備踏上馬路時，突然聽見引擎聲。

聲音從我的背後逐漸接近，我很自然地往路邊靠，想等後面的車子開過……奇怪！通常我是不會這樣想的。

我先是感到奇怪，同時也納悶，這輛車晚上經過行人身邊，怎麼一點都不知道減速慢行？一回頭，我嚇壞了。車頭燈開到最亮的那輛車，竟猛烈加速朝我衝來，離我大概只有幾公尺遠。

我趕緊往旁撲倒，約莫只差了零點幾秒，車輪從我腦袋旁輾過。我馬上站了起來，但對方的動作也很迅速，立刻緊急煞車，接著迴轉，再度朝著我加速衝來。因爲車頭燈光直射我的雙眼，眼前一片白茫茫。

一時之間，我不知道該向左轉，還是向右跑。或許就是因爲如此，判斷一延遲，左側腹便碰到了後視鏡，頓時一陣劇痛。我當場蹲在地上，敵人居然沒迴轉，直接加速倒車，我只好皺著臉站起來，按著疼痛的側腹，拚命躲開。

車子倒退之後，馬上又發動攻擊。我想看清楚駕駛座，但車燈太強，我無法直視。好不容易才認出車種，完全看不出車上有幾人。

我的腳步蹣跚，就像剛做過激烈運動一樣，再加上側腹疼痛難耐。旁邊的鐵絲網牆沒有盡頭，害我走投無路，情況不利到極點。敵人就是想到這一點，才選在此處下手吧。

「啊！」我終於搖搖晃晃地跌在地上。車頭燈即將追上來，來不及了——我陷入絕望。

就在這時，一道黑影介入我和那輛車之間。一瞬間，我還以爲看見什麼巨大的野獸。開車的人應該也很驚訝吧，趕緊踩下煞車，將車身打橫，安靜地停在巨獸面前。

我抬頭看著黑影。我以爲的野獸，竟是一輛機車。被車子追殺的我，完全沒注意到機車的引擎聲。看到機車騎士後，更是令我驚訝，原來是一身黑色機車裝的高原陽子。

「陽子，妳怎麼會在這裡……」

這時，車身打橫的汽車突然發動油門前進。只是，這一次不是朝著我來，而是加速離去。

「有沒有受傷？」陽子冷靜的話聲和此刻的狀況十分不搭調。我按著側腹站了起來，毫不猶豫地跨坐在她後面。

「快追上那輛車子，拜託。」

只見在安全帽下，她的一雙大眼睛睜得更大了。我知道她想說什麼，但我沉聲怒吼：「追上去，快點！來不及了。」

這一次，她毫不猶豫地踩下油門。

「抓緊！」我想她是說了這句話，背後有股像是被人拉住般的加速感，我不禁用力抱住她的腰。

機車不停震顫我的下半身，奔馳在夜晚的馬路上。來到幾百公尺遠後，終於看到剛才那輛車的車尾燈。我們的距離始終無法拉近，可見對方也是卯足了勁開快車。

「只要塞車，就追得上。」我聽見安全帽中陽子的叫聲。

偏偏這個時段車流順暢，汽車快速奔馳在雙線道上。我抱住陽子如綠竹般青春有彈性的腰，試圖看清楚對方的車牌號碼。然而敵人的車牌上似乎覆蓋著東西，怎麼也看不清楚。

「對方是一個人。」陽子說。她的意思是駕駛只有一人，但也許其他人躲在車內的陰暗處看不見。

前面終於出現號誌燈，已轉成黃燈。太好了——就在我這麼想的瞬間，對方的車根本無視號誌燈改變，硬是闖紅燈穿過十字路口。

我們的機車抵達十字路口時，另一個方向的綠燈恰巧亮了，眼前許多汽車來回穿梭，已無法看見敵人的車子。

「可惡！眞是倒楣。」

我恨恨地叫道，陽子卻平靜地說：

「總之我們繼續直走，也許敵人就停在某處休息。」

號誌燈轉綠後，陽子的機車發出巨大的引擎聲開始前進，我的身體再度被拉向後方。

陽子一股勁地向前衝。道路兩邊有許多小路，儘管每次經過都有些猶豫是否該轉彎，但此時不容我們猶豫。

機車騎進汽車專用道路，排氣聲變得更大了，時速表的指針也迅速上升。

迎面撲來的風，讓我睜不開眼睛。儘管我大喊「一定要追上」，卻懷疑陽子是否能聽見。更何況，對方不見得就在前方。假如能追上，至少該看到對方的車子才對——其實也有些擔心。

因爲我低著頭無法確認詳細狀況，但感覺交通流量似乎相對較小。看著後方漸漸遠去的車頭燈數量不少，可見我們的速度超越許多汽車。

「………」

陽子似乎在說些什麼，於是我大聲反問。不久後，我感覺到引擎動力逐漸減弱。周遭景色的移動速度減緩，我的眼睛也能睜開了。

「怎麼了？」

「不行了，只能到這裡。」陽子將車身左傾，好似被吸進去般騎進小路。

「爲什麼不行？」

「前面就要上高速公路了。」

「那不正好嗎？這麼一來，不管對方去哪裡都追得上了。」

「不行，你這副德行上得了高速公路嗎？」

這麼一說，我才恍然大悟。穿西裝又沒戴安全帽的我，的確很引人注目。她也不能把我留在這裡，自己繼續追蹤下去。

「結果不曉得是在哪裡被擺脫了。」

我這麼不甘心，陽子依然冷靜地說：「對方開的是CELICA XX車，這一點就是很大的線索了，不是嗎？」

「話是沒錯……只是都追到這裡了，眞是可惜。」
陽子不理會我的抱怨，騎車轉向歸途。不知不覺間我們已來到郊外。看著左側的田園風光，終於回到方才那條淒清的小路。看在旁人眼中，會不會以爲我們是一對情侶在兜風？聞著青草和塵埃的氣味，我們奔馳在夜晚的馬路上。有時洗髮精的香味會從安全帽中飄散出來。突然間，我意識到她的身體發育成熟，手心不禁開始冒汗。
不知騎了多久，我提議先休息一下。也許剩下的距離不遠，但我有話想跟她說。陽子沒有回答，只是放慢速度。她選在一座橋上停下，橋下是逐漸乾涸的河川，河川兩邊是綿延不斷的堤防，順著堤防往前看，遠處有明亮的街燈。
我跳下車，雙臂靠在橋的欄杆上俯視河水。陽子將機車停在橋邊後，脫下安全帽慢慢走來。幾乎沒有其他車子駛過，只有偶爾會聽見電車開過的隆隆聲，一如回音一樣。
「這是我頭一次搭乘機車。」我看著河水說：「感覺很棒。」
「……很棒呀。」她來到我身邊，眺望著遠方。我對著她的側臉說：「謝謝妳今天在我危急的時候救了我。如果再晚一點，眞不知後果會如何。只是，我必須問妳一件事。」
「老師是想問我，爲什麼會出現在那裡吧？」
「沒錯。當然，如果硬要說那是妳的兜風路線，我也沒話說。」
陽子大嘆一口氣，一臉正經地解釋：「老師說話還是那麼愛拐彎抹角。我是有話想告訴老師，所以在車站等。等的時候我一直猶豫該說還是不該說，結果老師出現，隨即走掉了。於是我想還是下次再說吧，正要離去時又反悔，決定還是今天說出來好了，連忙追上去……」

「就遇到那種場面了？」

陽子點點頭，晚風吹拂她的短髮。皮膚感覺到帶有涼意的空氣，意味著秋天到了。

「妳要告訴我什麼？」

她猶豫了一下，隨即下定決心，凝視著我。

「村橋被殺那一天，不是有人看見我在更衣室附近嗎？我雖然跟警方說，我只是恰巧經過，其實不是的。當時我是在跟蹤村橋。」

「跟蹤他？爲什麼……」

「我也說不清楚……」陽子無法按照順序說明複雜的經過，焦急地抓著頭髮。「當時我的確恨不得殺死村橋。那個男人根本不知道胡亂剪我們的頭髮，我們會多麼痛苦！我一直想報復，最後想到一個辦法。劇本是讓村橋強暴女學生，也就是那天放學後村橋在教室裡強暴了回來拿學生證的學生，我要替他貼上強暴犯的標籤。」

「學生證？這麼說來……」

那天高原陽子回家後，又去了學校。大谷問起原因時，陽子回答自己是回來拿學生證。原來那不是靈機一動的說詞，而是她事先設定好的部分劇本。

「我先和村橋約好五點在三年C班的教室見面，當然，我要求他不能跟任何人洩漏這件事。然後我先回家一趟，在五點前回到學校。可是在去三年C班的教室前，我看見村橋。他一副神祕兮兮的樣子，走在教室大樓後方。我有點猶豫，還是跟了上去。我想性侵的舞台也不一定要在教室。不管是什麼地方，只要事情鬧大，讓村橋無法辯駁就行了。」

「那是什麼意思？」我一問，陽子露出惡作劇般的笑容。好久沒看到她這種表情了。

「發生性侵案時，如果從村橋西裝口袋裡找出保險套，大家會怎麼想？」

「什麼……」我有點受到衝擊。

「那是我利用午休時間，事前放進去的。一旦被發現，村橋就百口莫辯了吧。」

「原來是這樣……」

這麼一來，我才明白那個保險套根本和案件毫無關係。但就是因爲保險套，警方才會對村橋的女性關係起疑，也成了麻生恭子涉案的理由之一。

「結果妳跟蹤他之後，又怎樣了？」

「村橋進去那間更衣室，我繞到後方想窺探裡面的情況。因爲無法從通風口偷看，我只能在那下面豎起耳朵偷聽。我聽到村橋像是在跟別人交談，但我完全聽不見對方的聲音。之後就變安靜了。」

陽子頓時身體顫抖，而且表情僵硬，音調也拉高了：「我聽見有人在呻吟，聲音很小，但我確定是呻吟聲。大概有一、兩分鐘吧，我怕得不敢動。之後就聽見門開了又關的聲響，有人走出去。」

我心想那就是凶手殺人的時候，陽子竟遇上可怕的一幕。

「我要告訴老師的，是接下來的事。」陽子認眞地看著我。

「什麼事？」

「有人從更衣室走出去後不久，我下定決心嘗試從通風口偷看，結果……」

陽子說到一半，停了下來。當然，她沒有故弄玄虛的想法。

「結果怎麼樣？」

「我看見門上頂著棍子。」

「我也是從通風口才看到屍體，所以我瞭解妳的意思。然後呢？」

聽完我的回答，陽子盯著我問：「老師沒有發覺嗎？」

「沒有發覺什麼？」

陽子這才放慢語速說明：「老師不驚訝嗎？我躲在後方，女用更衣室的門鎖著。凶手是從男用更衣室走出去，還把棍子卡在門內側。」

第六章

1

九月二十五日，星期三。我七點起床。

好幾天都睡不著，再加上昨天出了那種事，精神上根本沒辦法休息。

我乘坐陽子的機車回到遇襲現場，等她回家之後，立刻打附近的公共電話聯絡S警署。十分鐘後大谷他們趕來，勘驗了現場，也做了筆錄。

我沒提起陽子救我的事，自然也沒有說出那場追蹤，其他則照實稟報。一旦提到陽子就會被追究她爲什麼也在現場，就不得不說出性侵劇本的事，我不希望她捲入這個案子太深。

大谷問我，爲什麼從遭受攻擊到報案之間花了將近四十分鐘？我說是想追上對方，所以招了計程車，但當時已看不到對方的車，漫無目的地東奔西跑浪費許多時間。我覺得有些牽強，不過大谷倒是沒起疑，反而很懊惱爲什麼沒派人跟在我身邊。

現場沒發現特別的線索，大谷說或許能從輪胎痕跡查到什麼，再加上我指證對方開的是紅色CELICA XX車，算是很大的收穫了。

大谷頗有信心地表示：「心急的凶手終於露出馬腳。」

如果眞能因此揪出凶手就太好了。

其實讓我神經緊繃的原因還有一個，就是高原陽子說的那句話。

「凶手是從男用更衣室走出去的。」

這個證詞具有重大的意義。先前我們都以爲凶手是翻越更衣室裡的隔牆，從女用更衣室的出入口逃跑。不論是製作備份鑰匙的可能性，還是北条雅美解開的密室之謎，都是基於這個前提才存在的。因此，一旦前提被推翻，所有的推理也必須重新來過。

那麼，凶手是如何把棍子頂在門內側的？凶手不可能這麼做。根據陽子的說法，凶手是在村橋停止呻吟後才出去，大概是爲了確認村橋已斷氣。

這麼一來，只剩下凶手用某種方式從外面將棍子頂在門內側。可是如同大谷刑警所說，要從外面將那根棍子頂在門內側根本是不可能的。

凶手將不可能化爲可能了，究竟是用什麼方法辦到的？我也還沒告訴大谷這一點，我在想有什麼說法能夠不提起陽子，順利帶出新的觀點。

「你從昨天就一直在想事情。」

大概是看到早餐桌上我幾次舉起筷子又停下吧，裕美子情緒低落地這麼說。

我沒告訴她昨天的事，怕會徒增她的擔憂。只是，她從我的表情察覺不對勁，問過我好幾次：「發生什麼事了嗎？」

「沒有，我沒事。」今天早上我還是如此回答，然後很快放下筷子離開餐桌。

比平常早到達學校後，我立刻去查看更衣室。這幢將近三週沒有使用的小屋，看起來跟原本的儲藏室一樣有些骯髒。

我小心翼翼地打開男用更衣室的門，放慢動作走進室內。一股濃重的霉味衝進鼻腔。因爲我的移動，也揚起了附近的塵埃。
我站在更衣室中央，重新環視周遭。通風口、置物櫃、和女用更衣室之間的隔牆、出入的門口，透過這些能夠動什麼手腳？不能大動手腳，必須在短時間內完成，同時要是不留痕跡的方法。
「怎麼可能辦得到！」這個謎題困難到我不禁如此自言自語。

第一堂是三年C班的課。
我發覺學生這兩天看我的眼神跟過去不一樣。我很難用一句話形容那是怎樣的視線，像是帶著關心，卻又不像充滿好奇。她們得知凶手的目標不是竹井而是我，抬頭看我的視線，應該是在想像我究竟做了什麼，竟讓凶手如此恨我吧？
帶著如坐針氈的感受，我繼續上課。也許是因爲台上台下的心情都相當緊繃，課程反而進行得很順利，眞是諷刺。
我出了些應用題讓她們上台練習。看著點名簿，我抬起頭來。
「高原，上來解題。」
「好的。」陽子以有些沙啞的嗓音回答後，站了起來。拿著筆記本直接走到黑板前面，看都不看我一眼，很像她的作風。
看著那穿白上衣、藍裙的制服背影，只會覺得她是一個平凡的高中女生，讓人無法相信她會穿上騎士裝，奔馳在夜晚的高速公路上。

昨天從她口中得知驚人的事實，等情緒穩定後，我再度問她：「可是妳爲什麼到現在才願意告訴我？之前妳不是都一直避著我嗎？」

陽子似乎覺得難以回答，轉過頭去，不過馬上又平板地應道：「我不覺得這有什麼大不了的。只是看到雅美解開密室之謎，刑警和老師都同意她的推理，我覺得隱瞞事實不太妥當。不過雅美的錯誤推理讓我的不在場證明得以成立，而且殺死村橋的凶手不會被捕，我覺得也很好。然而……」

她撥了一下頭髮繼續說：「知道老師的生命有危險後，我感到不安。假如我再不說出實話，一直沒抓到凶手，恐怕總有一天老師會眞的遇害。」

「可是……」我說不下去了，因爲「可是」之後要接什麼話，我自己也不知道。

「過去我的確是避著老師，誰教老師不肯幫我。你不肯陪我去信州的那天，你知道我是懷抱著怎樣的心情，一直在車站等嗎？你怎麼可能知道？對你而言，我不過是個小鬼罷了。」

陽子朝著水面大喊。她的一字一句像針一樣扎著我的心。我實在無法忍受那種心痛，終於發出「對不起」的呻吟。

「可是，我還是無法堅持下去。」

陽子突然恢復平靜的語氣，我訝異地看著她的側臉。

「一想到老師可能被殺害，我就坐立難安……明知這樣很不爭氣，我還是跳了出來，簡直像個笨蛋，對吧？」

我低著頭思索該說些什麼話對她是最好的，最後還是想不出來，只好繼續保持沉默。

上完課後，松崎找我過去，說警方正在調查教職員的私家車，問我知不知道是怎麼回事。由於我怕麻煩就回他說不知道，內心則爲警方開始進行調查感到情緒高昂。

下課時間，我在走廊上遇到小惠。因爲社團無法練習，她難得滿臉不高興。

「再加上到處都有目光凶惡的人走來走去，我實在很不想來上學。」

她指的是刑警。校內除了追查昨天那輛車的刑警外，另外還有一些刑警在調查小丑案件的線索。

「一切都是爲了破案，妳就忍耐一下吧。」說完後，我才發現自己的聲音缺乏說服力。破案——眞的會有那一天嗎？

2

九月二十六日，星期四。

聽到麻生恭子被逮捕的消息，是在早上進辦公室的途中。我聽到一名學生沿途大喊：

「大消息！大消息！」

我趕緊往辦公室走去。門開的瞬間，我立即知道謠言並非捏造。

辦公室的氣氛凝重，加上我進來，氣氛益發緊張。所有人都低著頭，茫然地看著桌子。我走向自己的座位時，沒人出聲。

但正當我要入座時，就像戳破沉悶的空氣一樣，藤本刻意口齒清晰地問：

「前島老師，你聽說了嗎？」

坐在周圍的幾個人詫異地動了一下。我看著藤本回答：「剛剛在走廊上聽到學生談論了。」

「原來如此，學生的消息果然靈通。」藤本苦笑。

「被逮捕了……那個學生是這麼說的。」

「不是被逮捕了，而是當成關係人傳喚了。」

「可是……」堀老師從旁插嘴：「實際上不就是逮捕嗎？」

「不對，那樣說太過分了。」

「是嗎？」

「等一下。」我走到藤本身邊，「能不能說得更詳細點？」

根據藤本的說法，今天一早S警署的大谷就來電，要求麻生老師以關係人的身分接受偵訊。

當時接電話的是松崎，他太過驚訝不由得大聲回應，讓一旁的學生聽見了。

「爲什麼會突然變成這樣，目前還不知道。一切都是我們的想像而已。」

因爲藤本都這麼說了，堀老師只好聳聳肩。

「可是……她眞的是凶手嗎？」長谷也將椅子轉過來看著我們。

「前島老師，你應該有什麼想法吧？」堀老師問。

看我什麼都沒說，小田老師坐在自己座位上，一邊喝茶一邊發表意見：「就算前島老師沒有想法，說不定對方有。畢竟女人這種動物是很會記仇的。」

「哎呀！男人會記仇的也不少。」

就在堀老師說這句話時，松崎打開門走進來。他一臉憔悴，神情虛弱，腳步也顯得蹣跚。鐘聲響了，大家似乎都不想開早會，松崎大概也不知道這時候集合大家該說些什麼話吧。栗原校長躲在校長室裡不出來，恐怕是苦著一張臉，一根接著一根地猛抽香菸吧。

我走進教室，發現學生的反應跟老師大相逕庭，個個神情活潑、滿臉期待。在她們天馬行空的想像中，似乎已把我和麻生恭子連結在一起。

至於我自己，課根本上得心不在焉，心裡想的盡是，究竟大谷他們以什麼爲根據，要求麻生恭子接受傳喚？她在第一個案件中有不在場證明，大谷又是如何看待這一點？還有，前幾天她說的「眞相在完全不同的地方」那句話，這些事一直在腦中盤旋，讓我實在無法好好上課。

下課後，我私下去問松崎有關麻生恭子的事。他臉色不佳地告訴我的內容，大致跟藤本說的差不多。

抱著無法釋懷的心情上了第二、第三堂課。在第四堂課上，小田老師來找我。他在我耳邊低語：刑警又來了。我讓學生自習後，趕緊衝出教室。平常這種時候總會聽到學生在我背後歡呼，但今天不一樣。彷彿全班都在說悄悄話似的，響起一陣奇妙的轟鳴。

這是第幾次在會客室和大谷見面？

「上課中找你來，眞是抱歉。」灰色西裝、沒有打領帶，典型刑警打扮的大谷低頭表達歉意。身邊還有一名年輕刑警。

大谷的雙眼充血，臉上浮現油光，這像是抓到嫌犯麻生恭子，調查正如火如荼展開的樣子嗎？

「你知道警方傳喚了麻生老師嗎？」

「知道。」我點點頭，「我以爲可能跟前天的汽車攻擊事件有關……」

「不，你搞錯了。」

看著大谷搖頭，我十分驚訝：「我搞錯了？」

「是的，我們傳喚麻生老師是爲了其他理由。」

「那是什麼理由？」

「唔，請等一下。」

似乎是爲了緩和我的情緒，大谷慢慢地從口袋掏出記事本，翻頁的動作也很沉穩。

「昨天我們的年輕刑警從學校的焚化爐找到一些東西。其實也沒什麼，就是手套，白色的綿布手套。」

因爲警方要調查焚化爐，運動會之後都還未點火使用過。這麼說來，昨天我的確看到刑警在裡面翻撿東西。

「找到這副手套，完全是那名刑警的功勞。手套上沾有少量顏料。」

「顏料？」

我開始回想這次的案件，有什麼東西跟顏料有關？大谷若無其事地提起：

「你忘了嗎？就是那個魔術箱。」

幾乎就在他提醒的同時，我也想起來了。沒錯，當時那個魔術箱的確上了色。

「可是，那也不能確定就是凶手的東西吧？」我提出反駁，「說到白色棉布手套，應該是用在運動會的啦啦隊對抗賽吧，而參加比賽的同學可能在某些時候觸碰到魔術箱。」

然而，大谷不等我說完便搖頭。

「我們詳細調查過那副手套，在內側檢驗出乾燥的紅色顏料。雖然極為少量，你知道是什麼嗎？」

「紅色顏料……」

我恍然大悟。

「沒錯，就是指甲油。這麼一來，就知道不是學生的。當然，最近的學生多少會開始化妝，但應該不會有人塗上紅色指甲油吧。」

「於是你們找上麻生老師……」

「昨天晚上，我們向麻生老師借了她目前使用的指甲油。根據去找她的人的說法，當時她露出不安的神情，於是他們認為應該找對人了……不過，這個另當別論。總之，和留在手套上的顏料進行比對，得到完全一致的檢驗報告，所以今天早上才會傳喚麻生老師。」

我大致可以想像大谷是如何逼問麻生恭子。首先一定是仔細確認她那一天的所有行動，而她的供述大概不會提到靠近過魔術箱的事實吧。大谷再次確認後，拿出手套、顏料和指甲油——大谷提出了絕對不可能發生的矛盾，她該如何自圓其說？

「她沒有自圓其說，大概是放棄了吧。除了一部分之外，她幾乎都承認了。」

麻生恭子認罪了——對我而言，這是驚人的結局，大谷的語氣卻十分平淡。受到他平淡口吻的影響，我也很難有什麼情緒。甚至在這種情況下，我發現大谷依舊稱呼她「麻生老師」，似乎有點怪。

「到底是怎麼回事？」我按捺住焦急的心情詢問。

大谷還是跟平常一樣，煞有介事地叼著一根菸，吐出一大口乳白色的煙。

「掉包酒瓶的人是麻生老師，可是企圖殺死你的另有其人。」

「哪有……」我吞下了接下來的四個字「那種蠢事」。

既然麻生恭子無意殺我，為什麼要掉包酒瓶？

「根據她的說法，是凶手脅迫她的。」

「脅迫？」我反問，「她為什麼非得接受凶手的脅迫不可？」

大谷抓抓頭說：「接下來的事其實是不能說的，不過因為是你，我就透露一下吧。你以前曾假設麻生老師和村橋老師之間有男女關係吧？這個假設是對的。他們從今年春天起就一直有男女關係。」

我想的果然沒錯。

「同時，因爲跟栗原校長兒子的婚事，麻生老師打算結束和村橋老師的關係。這也是想當然耳的事，可是村橋老師不答應。麻生老師認爲兩人只是在玩大人的遊戲，村橋老師卻是認眞的。」

跟那時候的K老師一樣，我心想，不知麻生恭子傷了多少男人的心？

「尤其是村橋老師擁有某項證據，足以證明自己和麻生老師之間的關係，因此麻生老師不得不想辦法說服他。」

「所謂的『某項證據』是什麼？」

「先聽我說完。聽說村橋老師總是隨身帶著那東西，在更衣室被殺時應該也是。問題在於，我們在現場並沒有發現那東西。唯一有可能的就是保險套了，但那並不足以說明兩人的關係。所以，這意味著什麼？」

「凶手拿走了？」我小心翼翼地回答。

大谷用力點頭，「應該是吧。當然，麻生老師就慌了。」

「啊！這麼說來……」

藤本曾說麻生恭子問了他奇怪的問題。她的確問了村橋有沒有東西被偷。我當時想不通她爲何問那種事，現在總算知道原因。

聽完我的話，大谷也認同，挺著胸膛說：「這下又多了一項證明麻生老師供述的證據了。」

聽到這裡，我大概能夠想像後續的發展。換句話說，凶手就是利用那東西威脅她掉包酒瓶。

「麻生老師是在運動會當天早上，在桌子抽屜裡發現那封威脅信。信裡詳細寫著如何掉包酒瓶，如果不配合就要公開從村橋屍體上找到的東西。根據麻生老師的供述，我們在她的住處找到那封威脅信。對了，這裡有影印的信件內容。」

大谷說著，從西裝口袋拿出一張摺疊得很整齊的白紙。攤開的大小跟一般筆記本一樣，大谷將那張紙放在我面前。

上面寫滿了類似蚯蚓爬過——完全符合這平凡形容的難看文字，讓人讀到一半就不想再繼續讀下去。

「可能是用左手寫，或者是右手戴上好幾層手套寫的吧，這是掩飾筆跡的有效方法。」看到我皺著眉頭面對那些文字，大谷如此說明。

威脅信的內容如下：

這是威脅信，不准給其他人看。妳今天必須按照以下的指令行動。

一、隨時注意射箭社社員的行動。她們應該會事先將大小道具從社辦搬往其他地方。注意她們行動的目的，是要知道前島的道具之一——酒瓶放在哪裡。

二、準備一副手套，手套在進行「三」的行動時必須戴上。

三、前往一年級教室大樓一樓的儲藏室，那裡有一個白色紙袋。確認袋裡有一支酒瓶後，立刻拿到「一」事先調查好的地點掉包酒瓶。
四、原來的酒瓶丟到隱密處，但紙袋得丟到其他地方。
五、以上行動結束後，立即回到原位。這些行動絕對不能被人看見，也不能說出去。如果沒按照指示行動，妳就會受到制裁。
所謂的制裁，就是之前從村橋遺物中發現的東西將會公諸於世。隨信附上該東西的影本以供參考。考慮到妳的將來和立場，最好遵從指示。

「凶手眞是狡猾！」我讀完信抬起頭，大谷嘆了口氣這麼說：「利用別人殺人，如此一來，就像是遠距離遙控一樣，很難找到直接的線索。雖然有酒瓶、紙袋和這封威脅信等線索，但仍不具決定性，很難期待可以依此找到凶手。」
而且從這封威脅信的內容來看，凶手的知識程度頗高。不僅沒有錯別字，指示的內容也相當有條理。
「凶手到底拿走什麼東西？現在可以告訴我了吧。」能讓麻生恭子服從脅迫的東西是什麼？就算跟這個案子毫無關係，我也想知道。
可是我的期待落空，只見大谷搖頭說：「坦白講，我們也不知道。一開始我不是提過了嗎？除了一部分內情外，麻生老師其他都照實說了。那『一部分』就是指那個東西。威脅信上寫著『隨信附上該東西的影本』，可是好像已被麻生老師處理掉了。」

「這麼一來，不就無法全面地相信她說的話嗎？」

當然也不能斷定她所說的都是謊言。

「不，我認爲應該可以相信。因爲前天晚上，你遭遇汽車攻擊時，麻生老師在家裡，這一點已確認。」

「哦……」

「她確實有不在場證明，畢竟那天我們的人一直在監視她。提到不在場證明，之前我說過好幾次，村橋老師的案子中她也有明確的不在場證明。而且我們不認爲她會事先準備好一封假的威脅信。」

我想起麻生恭子說的那句「眞相在別的地方」，原來是這個意思。

「所以，實際行動的是麻生老師，眞凶卻在別的地方，得請你再想想其他可能涉案的人。」

我無力地搖搖頭。

「關於這一點我完全……我會再試著想想。倒是你們的調查有什麼進展嗎？」

「調查還在進行。」在這一點上，大谷答得不夠明快。「總之線索實在太少了，我們會盡全力追查。還有，今後你得多加小心，根據麻生老師的供述，可以知道凶手急了，近期內一定會再下手吧。」

「我會小心的。」我一本正經地點點頭，「對了……最後麻生老師會怎樣？」

「這個問題很難回答。」大谷一副傷腦筋的樣子，「因爲她是被脅迫的，也是無可奈何，當然有酌情考量的可能性。不過，她明知發出威脅信的人就是殺害村橋老師的凶手，而且對她來說，你的確是個阻礙。如此一來，怎麼解釋就相當重要了。」

「什麼意思？」問的同時，我已逐漸理解大谷的意思。

「問題在於，麻生老師腦中是否存在間接故意的概念。不對，在這種情況下是否會更積極，也就是她心中是否有你死了就好的想法，這一點我們無法判斷。」

聽著大谷的說明，想到她認為我死不足惜，心情不免變得灰暗。

3

九月二十八日，星期六放學後。

學校從今天起重新開放社團活動。彷彿想釋放累積至今的活力，年輕的身軀盡情在操場上奔走。各社團的顧問老師也從陰鬱的氣氛中解放，露出開朗的神情。

射箭社也恢復活動。距離縣際大賽只剩下一個星期，接下來得快馬加鞭地練習才行。

「沒時間讓大家猶豫再三才出箭了，只能做好基本動作，放手一搏。不要想耍小聰明，練習的時候也許行得通，比賽時絕對不管用的。」

好久沒圍成一圈打氣加油了，小惠的聲音洪亮，十分有幹勁。其他社員點頭贊同的表情也呈現出適度的緊張，感覺很好。希望這種氣氛能維持到正式比賽。

「老師，請給指示。」小惠訓完話後，對著我說。

所有社員都看著我，我吞了一下口水，說道：「大家千萬別忘了自己其實還不行！因爲知道自己不行，才不會在比賽時擔心姿勢好不好看。大家只要不斷想著自己該做什麼，就不會有壓力和猶豫了。」

「謝謝老師！」所有人齊聲大喊，我有些興奮地臉紅，點頭致意。

接下來立即開始例行練習。我還是站在她們後方檢查射箭的動作是否標準。根據小惠的理論，只要我在後面盯著，大家就會感受到跟比賽時一樣的壓力。

練習開始不久，我注意到在射箭靶場旁的弓道靶場附近，有個形跡可疑的男人看著我們。不過對方不是什麼陌生人，他是S警署的年輕刑警白石。

這兩、三天，我的行動完全在受到刑警監視。有時會看不見他們，正當我忘了有這麼一回事時，他們又會出現在我的視野中。走出公寓後，不管是在通勤路上、校園內，還是回家的時候，身邊總會有他們的身影。這麼一來，凶手也無法對我下手吧。

可是，警方的調查似乎陷入膠著。白石刑警向我透露，追查CELICA XX車的線索也無法找到凶手。當然，我們的學生有上千名，難免會有家人開同款車，但調查結果出來，都是跟這個案子毫無關聯的人。假設凶手是學生，就必須有會開車的共犯，這也會讓案情走向死胡同。另外，教職員中沒人開那款車。

雖然公開了藏有下毒酒瓶的紙袋，但只知道那是到處都有的一般紙袋，根本無法鎖定凶手。這些情況恐怕是小心謹慎的凶手早就預想到的。

我最擔心的是，刑警對於更衣室的密室維持錯誤的判斷，至今仍到處詢問鎖店，可見他們認爲凶手是從女用更衣室的出入口逃走的。

我還是沒有將高原陽子的話告訴大谷。如果要說出來，就必須連同陽子設計的鬧劇——性侵劇本都得說。陽子並沒有叫我不要說，但我就是說不出口，我想她是因爲我才肯說出來的。她沒有選擇別人，而是選擇了我，想必下了相當大的決心。若是隨便告訴別人，等於背叛她，我已有一次辜負她期待的前科了。

至少密室之謎我要自己解開——我下定決心。想著這些事時，小惠突然走到我身邊。她留意著白石刑警的方向，露出不同於平常的表情說：「看來，我不該勉強老師來參加社團練習。」

「沒這回事。」

「可是，老師很想早點回家吧？」

「去哪裡不都一樣？就是在這種時候，我才想留在這裡。只是我這個教練有點心不在焉，我才應該道歉。」

小惠輕輕搖頭，面帶微笑說：「我不是說過，只要老師在這裡就夠了嗎？」

之後我開始認眞觀察社員的射箭姿勢，好久沒這麼做了。小惠的發射動作還是很正確，但身體張開的毛病依舊未改，已變成壞習慣，不過看在她努力挑戰縣際大賽的份上，我就不再多說。

令人驚訝的是宮坂惠美的進步。之前她柔弱的身體光是拉弓就會不停顫抖，現在不僅可以拉開弓，也有餘裕瞄準目標。她的姿勢一直都相當標準，所以命中率提高不少。大概是和小惠搭檔練習的緣故吧。

看到她射出的箭命中靶心，我不禁開口叫好。惠美目光低垂，點點頭。

「宮坂的狀況不錯嘛。」我小聲對著彈道有些偏低的加奈江說。她從一年級開始就靠著蠻力亂射。

加奈江擦著汗應道：「是啊。惠美利用午休時間主動練習，所以成績愈來愈好。問她有什麼祕訣，她都說沒有。」

「那是意志力的問題。因爲自認是弓箭手，才能射出那樣的好箭。那是一種財產。」

「我也是這麼想……」

「不要把射箭看得太簡單，不一樣就是不一樣。」我笑著走開。

練習開始後，過了約一小時，我忽然覺得臉上有溼冷的東西。接著大顆雨滴落下，操場上浮現許多黑點。

哎……許多社員發出嘆息，心有不甘地望著天空。我可以理解她們的心情，畢竟難得一起練習。

「不用管下雨，就算下雨，比賽還是會照常進行。」小惠嚴厲的話聲傳來。

她說的沒錯，基本上射箭比賽不會因下雨而停止。雖然比賽規則上規定「因雨、霧等導致無法看見箭靶時得以停止比賽」，但那是例外中的例外。

大雨中身體會變得冰冷、肌肉收縮，比平常更需要集中力。而且弓弦一吸收水分，彈力就會銳減，彈道也必須跟著調整，更需要相當程度的體力和技巧。

一旦下起大雨，大家的實力就一目瞭然。小惠起初雖然稍微失控，但很快恢復安定，維持好成績。加奈江的蠻力射箭法不太會受到下雨的影響，宮坂惠美的狀況也維持得不錯。至於其他社員，則是彈道不穩，亂射一通。

過了一陣子後，看到有人完全射歪，小惠才下令停止。再繼續下去，不僅姿勢不對，也有感冒的可能，所以我也贊成。

換好衣服後，大家又在體育館的角落進行重訓。由於我沒帶換穿的運動服，只好換上西裝，然後到體育館看她們練習。

最有效的室內練習就是「空拉弓（不用箭直接用手拉弓的練習）」。就像網球、棒球推崇揮拍（棒）練習一樣，射箭專家也認爲這是最好的練習法。

我靠在牆壁上看著社員一起練習空拉弓。看了一會，我便跟小惠說要出去一下。體育館裡還有籃球社、排球社在揮汗練習，她們身上的熱氣熏得我頭昏腦脹，身體發燙。

走出門口時，白石刑警坐在長椅上看報紙，一發現我的身影立即準備站起來。

「我只是到外面吹吹風而已。」

聽到我開口制止，他沒有起身，但仍目送我走出去。

雨勢愈來愈大。操場上、教室周圍都不見人影，整體就像黑白照片般褪了色。我深吸一口氣，冰冷的空氣穿過鼻腔。這時我感覺右邊有人，轉頭望去。大概是我多心，沒有任何人。

對了，那個時候……以前也有過類似的經驗。當時並非我搞錯了，因爲高原陽子就站在那裡。她撐著傘，注視著教職員用的更衣室。如今回想起來，我不禁覺得她對於密室也有自己的想法。當時只有她知道北条雅美的推理錯誤，卻不能告訴其他人。

我從傘架上抽出自己的傘，慢慢走進雨中，繞到體育館後方，跟那天的陽子一樣注視著更衣室。

體育館裡傳出學生踩踏地板和吆喝的聲音。感覺離這裡好遠，更衣室四周籠罩著安靜的空氣。

該想的我都想過了……

我不知想過多少次這個問題了。不使用女用更衣室的門而能逃脫的方法——甚至連作夢也在思考。我也曾進去裡面，但就是想不出合理的答案。

不曉得在這裡站了多久，直到背後有股寒氣讓我渾身顫抖，才回過神來。該回去了——想到這裡，正要轉身之際，我霎時停下腳步，因爲想起一件必須趁現在做的事。

我想起發現村橋遇害時的情形，我決定重複當時的行動。

我先伸手開門，門卻一動也不動，於是我繞到更衣室後方，從通風口窺探裡面。

對了，我應該跟當時一樣，從通風口查看裡面。

通風口就在我身高剛好可以窺看的位置。如果是高原陽子，就得踮起腳才能勉強看見吧。

我像那天一樣窺探裡面，相同的塵埃氣味撲鼻而來。

一片昏暗中，隱約可見入口的門，腦海清楚浮現那一天那根頂門木棍的白色影像。
大谷刑警說，那根木棍根本不可能從外面卡在門內……
瞬間，一道光掠過我的腦海。我們會不會犯下了重大的錯誤？
在那一、兩秒之間，我的記憶力和思考力快速運轉，令我頭昏眼花，感到噁心，但之後我想出一個能夠解開密室之謎的大膽推測。
不，不可能的——我搖搖頭。因爲我無法接受違反自身意志所想出來的推測。那是不可能的，我的腦袋一定有問題。
我像逃離現場般衝了出去。

4

十月一日，星期二。
午休時間在屋頂——
第四堂課開始前，我和高原陽子在走廊上擦身而過，當時她遞給我的紙條上如此寫著。這是今年春天以來，第二次被她找出去。當然，這一次並非旅行的邀約。學校方面通常不准學生上到屋頂，平常不會有人在那裡，但我聽聞很多學生會利用屋頂說悄悄話。
吃完午餐，我爬上屋頂時，果然有三名學生在角落竊竊私語，一看到我來便吐了吐舌頭，趕緊離去。或許發現是我，她們也放下心了吧。

由於沒看到陽子，我靠在鐵欄杆上眺望整個校園。教室大樓的形狀、建築物的排列等一目瞭然。在此任教以來，我還是頭一次這樣觀察校園。

「眞不像老師。」後面傳來話聲，嚇了我一跳。回頭一看，穿藍裙灰外套的陽子就站在眼前。今天是制服換季的日子。

「不像什麼？」我問。

「從屋頂眺望校園，不太像老師會做的事。就算是打發時間，這種興趣也太低級了。」

「不然我該怎麼做才會像我自己？」

陽子稍微側著頭想了一下，應道：

「先到等人不像老師的風格，老師總是讓別人等，不是嗎？」

我無言以對，只好假裝望著天空。

「有什麼事嗎？」爲了掩飾情緒，我姑且問道。

她看似舒服地享受一陣風的吹拂後，梳理著頭髮問我：「調查得怎樣了？」

「怎樣……？我也不知道，唯一能確定的是還沒有抓到凶手。」

「那CELICA XX車的事呢？警方有動作嗎？」

「好像調查過了，但目前還沒有收穫，眞是怪了。」

「之後凶手有什麼行動嗎？」

「沒有，因爲刑警整天跟在我身邊，凶手沒機會下手吧。」

「總之就是毫無進展嘍？」

「可以這麼說吧。」我望著天空嘆氣。

過了一會，陽子說「後來我想到了一件事」，態度有些遲疑，於是我看著她的側臉問：「妳想到什麼？」

她先聲明「這不過是外行人的看法」，才說：「村橋遇害的現場形成了一個密室，爲什麼非得是密室不可？」

「唔……」我明白她要說什麼，因爲我也思考過這一點。

「單純地想，應該是爲了僞裝成自殺吧。」

「可是分析凶手的行動時，我又覺得這樣不太對勁。像是在男女更衣室之間的隔牆上留下翻牆的假象，還弄溼了一部分的女用置物櫃等等。」

「所以，凶手目的是爲了誤導警方，讓他們做出之前那個錯誤的密室解謎嘍？」

「我是這麼想的。」她說得很篤定：「就算凶手再怎麼高明，製造出自殺的假象，最後還是會被警方看穿，所以凶手乾脆製造出其他假象……這難道不可能嗎？」

「不，我完全同意。」

我將大谷刑警發現掉落在更衣室旁的小鐵圈，做出跟北条雅美相同推理的經過告訴陽子。那個小鐵圈是凶手故意留下來的線索吧。

「問題是，爲什麼凶手要留下那個線索？不管是哪種形式，一旦密室之謎破解了，警方就會視爲殺人命案正式展開調查。凶手應該不會喜歡這種結果。」

「可是在那個時間點，卻能讓凶手的立場變得極爲有利。」陽子的語氣充滿自信。

「有利？」

「是的。因爲這個線索，凶手會被排除在嫌犯名單之外。」

聽完陽子的說法，我試圖回想北条雅美解開的密室之謎，她是這麼說的：

一、堀老師打開女用更衣室的門鎖，進入更衣室（這時打開的鎖頭就掛在門邊扣環上）。

二、凶手偷偷靠近門口，將事先準備的鎖頭拿出來掉包（下午四點左右）。

三、堀老師走出更衣室時，用掉包後的鎖頭鎖上了門。

四、村橋出現之前，凶手將掉包後的鎖頭打開，然後到男用更衣室犯案（下午五點左右）。

五、凶手將木棍頂在男用更衣室的門內側後，翻牆從女用更衣室門口離開。

六、女用更衣室的門改用原來的鎖頭鎖上。

即使知道這是錯誤的推理，我仍覺得這詭計捨去不用眞可惜，而且凶手居然只是用來製造假象，究竟是爲什麼？目的何在？

「老師，你想想，我就是因爲這個錯誤的推理有了不在場證明，那麼凶手不也一樣可以利用這個詭計嗎？」

「是啊……」我終於明白她的意思。

原來是爲了製造不在場證明。一旦這個詭計發揮作用，表示堀老師進入更衣室的下午三點四十五分左右，凶手必須躲在附近，因此凶手沒有這個時間的不在場證明，陽子則有四點在家裡的不在場證明。

「凶手當時在哪裡其實很明確，這麼做才能躲過警方的追查。」

「反過來說，當時有明確不在場證明的人反倒可疑？」

「我是這麼認為的。」

「的確是出色的推理，沒想到妳有這麼銳利的眼光！」

我不是奉承陽子。北条雅美和大谷刑警所解開的密室之謎，根本是用來製造不在場證明的計畫。

「我就是因為這個詭計才有了不在場證明，比較容易想到吧。」陽子難得露出羞澀的神情。

「可是，警方應該很快會發現這一點。關於村橋遇害時我發現的事，老師告訴刑警了嗎？」她的語氣輕鬆，但見我遲遲沒回答，突然提高語調：「老師沒說嗎？為什麼？」

為了掩飾心虛，我將視線移向遠方，只回答：「沒關係，我有我的想法。」

「什麼沒關係，難道老師不知我為什麼要說出那些事嗎？」發出強烈的質疑之後，她恍然大悟般點頭：「原來如此，是不想說出我設計的性侵鬧劇嗎？何必在意，反正別人早就那樣看我了，重要的是趕緊抓到凶手吧？」

「…………」

「為什麼不說話？」

我無言以對。的確，一開始我沒有告訴警方這件事，是不想提起陽子的鬧劇，但之後又發生讓我不得不噤口的事情。

那就是我或許已找到密室之謎眞正的解答。

上個星期六，我在雨中發現解謎的線索，受到極大的衝擊。我不斷試著忘記那個想法，可是那個想法一旦在心中萌芽，反而超越我的意志以猛烈的速度生根成長。

我打算自己解決這個案子——當時我如此下定決心。

陽子納悶地抬頭看著我，大概是因爲我一臉痛苦，好不容易說出的話也斷斷續續，結結巴巴。

「請妳……相信我，我會處理的，拜託妳不要說出去。」

對她而言，這恐怕是個莫名其妙的請求吧。然而她沒再多問，只是微笑點頭，彷彿答應解救痛苦的我。

這天晚上，大谷來訪。平常鬆開的領口，今天倒是好好繫上領帶。他如此表現誠意，令人印象深刻。

「我剛好來到附近。」大谷強調自己沒有特別的意圖。

本來他說在門口談完就走，經我說服才一起進到客廳。客廳其實也不過是三坪大的空間，只擺著一張矮几。

「真是舒適的公寓！」大谷說出牽強的客套話。

刑警突然來訪，裕美子相當不自在。她緊張地端出茶後，有些坐立不安。儘管大谷說「前島太太也可以一起聽」，她還是躲在臥室不肯出來。

「你們還沒有小孩嗎？什麼時候結婚的？」

「三年前。」

「所以說也該是時候了，太晚生小孩，會有許多問題。」

大谷像是在鑑定我的生活品質般環視屋內，說些無關緊要的話題。還好裕美子不在場，在她面前小孩是禁忌話題。

「請問……今天來是有什麼事嗎？」我催促似地開口詢問。雖然大谷說沒什麼急事，還是令人在意。

大谷隨即收拾談笑的心情，重新在椅墊上坐好。

「進入正題之前，請答應我一件事。今天我不是以刑警的身分，而是以一個普通人的身分來的。因此，老師也不要以被害者的身分，以同樣是一個人的身分……不對，方便的話，就以老師的身分回答我的問題，好嗎？」他的語氣堅定，卻又帶著一絲懇求。我無法理解他的來意，但也沒有拒絕的理由，於是答應了他。

大谷拿起裕美子泡的茶喝了一口，潤潤喉後說：「你認爲高中女生會在什麼時候恨一個人？」

一時之間，我還以爲大谷是在開玩笑。可是看著他一反平常的謙虛態度，我意識到他是認眞的。我有些困惑地回答：「一開口就是困難的問題啊，我很難一語道盡。」

大谷表情有點慌亂，點頭應道：「說的也是。我只是打個比方，換成是成人的案件，就不會那麼複雜了。報紙的社會新聞版面雖然充斥著許多案件，但幾乎用情色、欲望、金錢三個原則就能說明一切。然而案子發生在女子高中，這三個原則恐怕就不管用了。」

「的確不管用。」我立刻回答，「那三項原則根本是離她們生活最遠的存在。」

「既然這樣，對她們來說，什麼才是最重要的？」

「這個嘛……我也沒有自信能說清楚……」我斟酌著字句緩緩說出接下來這段話，同時腦海浮現幾個學生的臉孔。

「我想對她們而言，最重要的是美麗、純粹、眞實的事物。有時候可能是友情，有時候則是戀愛，或是自己的身體、長相。嗯，重視更抽象的回憶和夢想的例子非常多。反過來說，她們最討厭的，就是有人破壞或搶奪她們重視的事物。」

「原來如此，美麗、純粹、眞實的事物……嗎？」大谷端坐著盤起手臂。

「究竟是怎麼回事？你想說什麼？」

大谷又喝了一口茶，才說明來意：「在那之前請先聽我報告調查進度吧。今天我來就是想告訴你目前的情況。」

看來他已掌握案件全貌，過程中只看了兩、三次記事本。儘管調查進度停滯不前，他還是按照順序敘述。以下是他陳述內容的摘要。

有關村橋老師毒殺案件。

很遺憾目前仍沒有找到其他證物。唯一的證物就是小金屬圈。那個作案用的鎖頭在任何超市都買得到，因此無法追查到凶手。指紋也是，在更衣室內、門上等處驗出的指紋，除了當天使用更衣室的相關人士之外，其他都太舊，也查不出可能是凶手留下的指紋（當然，前提是凶手並非當天使用更衣室的相關人士之一）。此外，調查人員試圖尋找目擊者，也幾乎毫無斬獲。一名女學生在更衣室附近看見高原陽子，而後陽子供述「只是剛好經過」，但未經過確認。

既然在物證方面碰到瓶頸，大谷改朝動機著力。他很重視村橋是生活輔導組主任的事實，因此徹底清查這三年來以任何形式遭受處分的學生名單。在其中發現高原陽子的名字，並訊問了她（因爲我已知道，大谷省略了訊問內容）。而後是密室之謎的破解，高原陽子的不在場證明得以成立。根據這項密室詭計，搜查總部推測凶手的條件如下：⑴熟知更衣室狀況和堀老師開鎖的習慣。⑵沒有下午四點左右（掉包鎖頭的時間）的不在場證明，同時也沒有五點左右（推估村橋老師死亡的時間）不在場證明的人。⑶爲布置詭計，事先準備鎖頭的人。⑷對村橋老師懷恨在心的人。基於以上四點，辦案人員幾乎查遍了清華女中千名以上的學生和教職員，可惜還是沒有找到可疑對象。大谷不願放棄高原陽子有共犯的想法，但這個想法也還無法突破假設的界線。接下來就發生了小丑命案。

關於竹井老師毒殺案件。

因爲一開始就知道凶手的目標是我，動機方面是朝我和村橋的共通點著手。我說出麻生恭子的名字，歷經一番曲折後，發現她被凶手利用的經過，在這裡也不贅述。問題在於，找出眞凶的調查行動。

凶手留下的物證只有用來掉包的酒瓶、裝酒瓶的紙袋和寫給麻生恭子的威脅信，上面當然都查驗不出指紋。酒瓶、紙袋、用來寫威脅信的紙張等，都是一般市面上常見的東西，根本無法從購買管道查出凶手下落。而且這個案件中，實際動手的人是麻生恭子，所以也無法調查凶手的行蹤。不過搜查總部著重於，凶手是何時將裝酒瓶的紙袋藏在儲藏室？又是在何時將威脅信放進麻生恭子的抽屜裡？儘管針對這兩項進行綿密的調查，還是無法獲得有關嫌犯的任何情報。

最後是我被汽車攻擊的案件。

雖然知道車種，調查起來一樣不輕鬆。首先從清華女中所有學生、教職員的自用車查起。教職員中沒有人開這款車，學生中有十五人的家人擁有同款車（因爲車種是跑車，不適合年長男性駕駛，大谷對數字之少感到意外）。警方的調查結果，發現十五輛車中，符合我所舉證的「紅色」只有四輛，四輛都有當天晚上的不在場證明（這麼說有點奇怪）。凶手可能是租車或跟朋友借車，目前仍在調查。只是，這個案件中値得注意的是，凶手會開車，或是有共犯存在。不管是哪一點，都必須重新考慮「學生單獨犯案」的可能性。

大概是說了太久，大谷一口氣喝完剩下的茶。

「不知是凶手太狡猾還是我們太差勁，總之我們始終無法拉近和凶手之間的距離。我們進行了這麼多的調查，但幾乎每一條線索都走到死胡同，簡直就像陷入迷宮。」

「難得聽到你說這種喪氣話。」我從廚房拿出熱水瓶，一邊將熱水倒進茶壺裡一邊這麼說。

「迷宮」——他這麼形容很貼切。密室之謎就是個好例子，在凶手的誘導下，警方迷失其中，仍在裡面東碰西撞。

「好了，我的開場白太長了。」大谷看了一下手表，重新坐好，我也跟著挺直腰桿。

「我只是要讓你知道，警方盡了最大的努力。只是，我們的調查行動缺乏關鍵要素，所以無法踏出決定性的一步。你知道是什麼嗎？就是動機。關於這一點，不管我們怎麼查，就是查不出來。村橋老師的案件，從他的立場來看，凶手倒也不是完全沒有動機。問題是你，我們也詳細調查過你的周邊狀況，但就是沒有，完全沒有。除了你刻意避免和學生接觸之外，幾乎沒什麼值得一提。我們問過幾個你擔任導師的學生，對你的評價都很好，理由是你絕對不會干涉學生的行動。外號是『機器』。甚至有學生說，因爲老師始終保持冷淡的態度，感覺反而不錯。也有人說，前島老師不是被聘僱來教書，而是來當射箭社的教練。」

「現在的學生根本對老師既不信賴也不抱任何期待。」

「可能吧。不過，倒是有一個有趣的說法。」大谷停頓了一下，才說：「只有一個學生說，前島老師或許算是眞正有人性的老師。去年登山健行時，她的腳扭傷了，你背著她下山。雖然不是很痛，但你告訴她『如果用奇怪的姿勢走下山，恐怕會傷得更重』。我就跟那個學生說，由於老師自己像機器一樣，才會把學生當成人來對待。」

登山健行算是學校的遠足活動。這麼說來，的確有那麼一回事。我記得曾背某人下山，那個人是誰？想著想著，鮮明的情景浮現腦海，我突然「啊」了一聲。

對了，那個時候扭傷腳的就是高原陽子。

我終於明白，她為什麼對我會有特別的情愫。只因那次的一個小小舉動，她便對我的其他缺點視而不見。

「看來，你想起往事了。」

我不知道自己現在是什麼表情，但被大谷說中了，雙頰頓時發燙。

「我一直以為你沒有理由被人盯上，但聽到這件事後，我有了新的推理。假如有人會為一件小事對你另眼相看，反過來當然不無可能。換句話說，會不會是因為某件小事導致某人怨恨你？」

「這當然也有可能。」我覺得在女子高中裡，經常會發生這種情況。

「那麼，你認為有沒有可能進一步和殺人命案連結？」大谷的眼神十分認眞。

這個問題很難回答，但我還是說出自己的想法：「我認為有。」

「原來如此。」大谷沉思般閉上眼睛，「也就是你剛才說的那些美麗、純粹、眞實，被別人掠奪的時候吧。如果是出於這一類的理由，有沒有可能為了友情協助犯罪？」

「你是指……共犯嗎？」

大谷緩緩點頭。「青少年的心靈往往會受到某種凌駕法律和社會規範的強大力量左右。我有過多次相關經驗，所以很清楚。這次的調查總是難以突破瓶頸，我認爲這就是原因所在。這案子幾乎沒有任何目擊者和證人。明明一定有人知道某些事情，但就是不肯主動告訴警方。說得極端一點，她們會不會知道凶手是誰，卻故意包庇？或者，不管凶手是誰，她們其實並不希望她被逮捕。因爲她們本能地感受到凶手的無奈和痛苦，這也是一種共犯。我懷疑整個清華女中都在隱瞞眞相。」

我有種遭一箭穿心的感覺，也知道自己的臉色不太對勁。

「所以我才會來找你，能夠推理出犯罪動機的人只有你。」

「不，」我搖搖頭，「如果能夠推理出來，我早就告訴你了。」

「請再仔細想想。」大谷語氣中的迫切讓我心驚膽顫，「假如你剛剛說的是對的，事情就會如此發展。前島老師，你和村橋老師是否曾奪走誰的美麗、純粹和眞實，而招來怨恨？請努力回想，答案應該就在你的記憶當中。」

儘管他這麼說，我仍不得不抱頭苦思。大谷靜靜地說下去：「不是要你現在就給我答案。但對我們而言，這是最後一根救命的稻草，請你務必愼重回想。」

說完，他彷彿身體非常沉重般站了起來。我也站了起來，心情同樣十分沉重。

5

十月六日，星期日。市民運動場，天氣晴朗。

「風這麼強，這下傷腦筋了。」小惠邊整理弓箭用具邊這麼說，一手還按著彷彿隨時會被風吹走的白色帽子。

「換個角度想。假如因爲這樣拉低全體的成績，我們不就有機會了嗎？」

加奈江說，看來她有不受天氣干擾的自信。

「我才不敢打那種如意算盤，前幾名的選手才不會因爲一點風而影響成績。不過，這風對晉級邊緣的選手來說著實麻煩。」

很有比賽經驗的兩人看起來心情還算輕鬆。雖然這是兩人高中生活最後的機會，卻絲毫沒有緊張的氣息。然而，一年級社員不用說，連應該輕鬆上場的二年級社員動作也僵硬了起來。

所有人都整理好自己的用具後，在運動場角落做體操，接著圍成一圈，我也加入其中。

「到了這個節骨眼，再緊張也無濟於事。只要放手將箭射出去就好，讓大家看看妳們平常練習的成果。」小惠說完，接下來輪到我說話。

「老師不想多說什麼，大家加油！」

所有人喊完清華女中的隊呼後解散。今天一直到比賽結束爲止，不會再集合了。換句話說，每個人都得孤軍奮戰。

比賽分爲五十公尺和三十公尺的總得分競賽。兩分三十秒內必須射出三箭，其中五十公尺進行十二次、三十公尺進行十二次，合計七十二箭，滿分是七百二十分。

參加比賽的女子選手約有百人，其中能夠晉級全國大賽的僅有五名。去年小惠排名第七，所以她今年有機會晉級。

「能夠突破到什麼程度呢？」

我坐在加奈江的射箭用具旁看著過去的計分簿時，小惠走上前來對我說。

「昨天的情況怎麼樣？」我看著計分簿問。

「還好吧，只是不知道老師怎麼看。」

她的話中暗藏對我的指責。這也難怪，這兩、三天我很少參加社團練習，放學後就直接回家——這樣的生活一直持續到比賽當天。

「我相信妳們。」

放下計分簿，我站了起來，往大賽總部走過去。「我相信妳們。」——不知她們能否感受到這句話的另一個意思？

大賽總部正在爲即將開始的比賽進行最後的確認。記分人員尤其要小心謹愼，因爲射箭比賽一、兩分就會影響名次，稍微有失誤便影響甚巨。

這次大賽的得分紀錄採取互看方式。普通個人賽並非一人一靶，而是兩、三人共用。互看方式就是射同一個靶的選手互相記錄得分。光是這樣無法保證公平，因爲針對射中的位置，記錄和被記錄的雙方很可能意見不一致。例如，箭射在十分和九分的交界線時，按比賽規定，只要碰到界線就算高分，但還是常常有無法判定的糾紛。射手當然主張高分，記錄者是敵對立場偏向給低分。這時就必須有看靶人員上場，也就是裁判。看靶人員看過箭，公平宣布得分，射手和記錄者都沒有反對的權利。

記錄者必須向大賽總部回報兩次得分，每一次回報六支箭的總分。再由記錄人員將分數記錄在得分板上，以便進行中間報告。

「哎呀，是前島老師！」

在大會總部帳棚下向我打招呼的是R高中的井原老師。身材雖然矮胖，但他曾是知名選手，黝黑的臉上仍透著結實精悍。

「聽說清女今年推出了最強選手？」

憑著三年連續晉級全國大賽的自信，井原一開口就調侃我。我只能苦笑著搖手說：

「只不過是到目前爲止還算不錯的選手。」

「不要這麼說，杉田惠子很不錯，她今年肯定能上的。還有，聽說朝倉加奈江也相當厲害？」他邊說邊近前，很快地瞄了周遭一眼，壓低聲音問：「傳聞清女今年本來要棄權？社團活動沒受到影響嗎？」

大概是從報紙、電視上的報導得知的吧，不過他應該不知道凶手的目標是我。萬一知道了，他又會露出什麼表情？這麼一想，他那副擔心的表情，頓時顯得滑稽起來。

隨口敷衍井原後，我去向大賽籌備委員打招呼。大家都不談比賽的事，而是帶著好奇的目光問：「辛苦了，情況怎麼樣？」

我只回答「我也不是很清楚」，盡快離開。

比賽在九點左右開始，試射完五十公尺三箭後，第一回合正式開始。

個人賽會將同一學校的選手分散開來比賽。我決定坐在加奈江射箭位置的後方觀看。

加奈江很快地即將射出第三箭。射出後，她稍稍偏頭。用望遠鏡確認箭射出的方向後，一臉失望地走回來。

「九分、七分……最後是六分吧，我不該那麼用力。」

「二十二分，還算不錯。」我對著她點點頭。

「倒數三十秒。」司儀宣布，這時幾乎所有的選手都射完了。

「老師，你看，她又來了……」

順著加奈江指的方向望去，只見小惠氣定神閒地瞄準最後一支箭。周圍已沒有其他選手。若超過時間射出，會被扣掉射出的箭中最高的得分。

「眞是受不了她……」就在我喃喃低語時，小惠漂亮地射出了箭。

她「砰」地一聲射中箭靶，同時響起歡呼聲和鼓掌聲，大概射得很好。她吐了一下舌頭，走出射箭位置。

十二點十分，五十公尺的比賽結束，有四十分鐘的休息時間。

女生組第一名是山村道子（R高）、第二名是池浦麻代（T女中）……第四名杉田惠子（清華女中）……

算是預期中的結果吧。小惠滿意地笑著吃三明治。

「加奈江也挺有希望拿下第八名，只要再贏過三個人。」

「是啊，可是我最近三十公尺的項目射得很不理想，只求不要失誤就好。倒是惠美好厲害！一年級就贏得第十四名，這是我們社團有史以來的最佳紀錄耶。」

「那只是僥倖，下午一定就不行了。」宮坂惠美謙虛地發出細如蚊蚋的話聲。

雖然她最近的狀況不錯，但能夠持續到比賽場上也是相當驚人的。看她那麼柔弱的樣子，令人不禁疑惑她怎會有那麼強的意志力。

三十公尺的比賽開始後，三人的狀況都滿穩定。只是前幾名的成績依然領先，下面的名次也就很難期待會向上攀升。

「這樣下去，頂多能到第六名吧。」進入後半場，加奈江的話聲聽起來沒什麼精神。

「要是剩下的箭都射出十分，情況就會逆轉。」

「話是沒錯……不過老師，你不用去看小惠的比賽嗎？剛剛她落到第五名了……」

我早就注意到了，聽說之前排第五名的選手，三十公尺是她的強項。

「小惠沒問題的，就算我過去看也幫不上忙。」

「可是老師今天一直都在我身後，沒去看小惠，不是嗎？這是爲什麼？」

「沒有爲什麼，妳不要想太多，全力射箭吧！」

因爲我的語氣變得嚴厲，加奈江不敢多說。我今天眞的看起來有些奇怪嗎？但我現在也只能這麼做。

「啊，我得換支箭才行。」加奈江似乎想要轉變話題，打開箭袋取出新的箭。原本她手上的那支箭，羽毛快要脫落了。

「這樣就行了……那我上場了。」她開朗地宣布，打開的箭袋就放在地上，這是她今天不知第幾次射箭了。

看著她的箭袋，裡面有一樣東西引起我的注意，那是我送給她的幸運箭。因爲是我送的，她有那支箭並不奇怪。問題在於，箭上寫的號碼。

一般射手習慣將自己的每一支箭編號。掌握每一支箭的射出狀況後，比賽時就選用最好的那支箭上場。我在意的是箭上的號碼，加奈江的幸運箭編號有些奇怪。

爲什麼她會有這支箭——我思索著這件事的意義。也許沒有什麼意義，但我就是覺得心神不寧。這支箭有什麼問題嗎？這支二十八點五吋的箭……

就在那一瞬間，我的心跳幾乎快停止了。我覺得呼吸困難，頭痛欲裂。

二十八點五吋……

心中吹起一陣強風，我屏息看著濃霧被風吹散，漸漸淡去。

第七章

1

十月七日，星期一。整片天空像是灰色顏料塗過，頗爲符合我現在的心境。

第三堂課是空檔，我混在前往上課的教師們中走出辦公室。

清華女中的保健室就在教職員辦公室的正下方。負責保健工作的志賀老師在學校任職很多年了，她總是穿著白袍，戴金框眼鏡。因爲這種打扮，被學生暗地裡冠上老處女的外號，但其實她是個小學一年級女生的媽媽。

我進去時，幸好只有她一個人在。她坐在桌子前，一發覺是我，便將椅子轉過來說：「眞是難得，你是想要解宿醉的藥嗎？」

約莫是因爲大我一歲吧，她的語氣總是這樣。

「不是的，我今天來是有重要的事。」確認過走廊上沒人後，我趕緊關上門。

「別嚇我。」

她將放在床邊的圓凳拿給我。一股混合藥水和香水的氣味刺激著我的鼻腔。

「你所說的重要的事究竟是什麼……」

「呃，其實……」我吞了一下口水，愼重地說出是何時發生、與什麼有關的事。

「那不是好久以前的事嗎？」她蹺起腳說，動作和口氣都讓我覺得有些刻意。

「當時是不是在我們不知道的地方發生了什麼事？只有妳和她們知道的事？」

「這問題好奇怪。」志賀老師像演員一樣誇張地攤開手，搖頭說：「我完全不懂你在說些什麼，你說的『她們』到底是誰？」

「就是她們。」

我報出名字，觀察志賀老師表情的變化。她沒有立刻答話，一下子撫弄著桌上的別針，一下子望向窗外，半晌後嘴角浮現一抹微笑，問：「爲什麼你現在會關心起當時的事？」

她的目光中已失去餘裕，我看得一清二楚。

「因爲有必要，我只能這麼說。」

「是嘛……」她臉上的笑容消失，「你板著臉來問我，應該是跟那個案子……跟兩位老師被殺的案子有關吧？雖然我不認爲當時的事跟命案會有關聯。」

「當時……」我不禁深深嘆了一口氣，「果然發生了什麼狀況吧？」

「是的，但老實說，我本來打算永遠埋藏在自己心中。」

「可不可以告訴我？」

「我眞的希望你不要問，直接轉身回去……」

她的肩膀一顫，深吸一口氣，再吐出來。

「對於你是根據什麼聯想到當時發生怎樣的事，以及爲何會來問我，我不想追究。不過你的推測是對的，當時的確出了一點狀況。乍看之下是芝麻小事，其實是很嚴重的大事。」

志賀老師詳細敘述當時發生的狀況。的確是意想不到的大事，到現在爲止沒有其他人知道，眞是不可思議。當然，她也告訴我絕口不提的理由，我非常認同。

聽了之後，除了驚訝，我也感到深深的絕望。因爲在我腦中隱約閃現，希望是自己想錯，不停試圖重組的推理，終於明確成形。

「我說的這些是否符合你的期待？」她微微側著頭問我，「雖然我無法想像，你爲什麼想知道這些事。」

「不，這樣就可以了。」我心情灰暗地點頭致謝，淤積的東西往心底沉沉落下。

「名偵探做出了正確的推理，怎麼臉色還這麼糟？」

「是這樣嗎……」

我像夢遊症患者般站了起來，蹣跚走向門口，手伸向門把時，回過頭脫口說：「請問……」

只見她扶正金框眼鏡，恢復之前的溫柔表情說：「你放心，我不會告訴任何人這件事。」

我一鞠躬後，走出醫務室。

第四堂的五十分鐘上課時間，我讓學生做課本練習題和事先準備的考卷，教室裡微微響起學生不平的抱怨聲。

這五十分鐘，我始終看著窗外。腦袋裡拚命想解開纏繞的線頭，但還是留下一些無法解開。

鐘聲一響，我回收考卷。學生起立，然後敬禮。走出教室時，聽見有人大膽抱怨：

「搞什麼嘛！」

午休時間，我勉強吞下一半的便當就離開座位。藤本來跟我說話，我有一搭沒一搭地敷衍他。大概是我的回答牛頭不對馬嘴，藤本露出奇怪的表情。

走出教室大樓後，我發現校園已恢復之前的活潑熱鬧。學生坐在草地上的談笑風光，跟一個月前沒什麼兩樣。若眞要說有什麼改變，就是她們身上的制服換季了，樹木也逐漸增添顏色之類的吧。

我經過她們身邊，往體育館走去。有些學生看到我就竊竊私語，我大概可以想像是什麼內容。

來到體育館前，我稍微瞄了眼左邊。更衣室就在體育館另一邊，爲了這次的案件，我不知走過那裡多少次，但現在沒必要再走過去了，我心中已有答案。

爬上體育館的階梯，出現在眼前的是昏暗的走廊，走廊上有兩個房間。一間是桌球教室，另一間是劍道場。劍道場的門微微開著，透出燈光。走到門口附近時，可以感覺到裡面有人，傳來揮舞竹刀和摩擦地板的聲響。

我緩緩打開門，只見寬敞的道場中央，僅有一個人揮舞竹刀的背影。每揮舞一次竹刀，頭髮就隨之甩動，裙襬搖曳，力道強勁。

就算是午休時間，北条同學也在道場練習揮竹刀——這是很有她的風格的一項傳聞。原來是眞的，實在厲害。

大概以爲進來的是劍道社員，聽見門的開關聲，她並未停止揮刀。

不久後，她終於發現有人在看，才放下竹刀回過頭。

「哦……」看到是我，北条雅美睜大眼睛，露出有些難為情的笑臉，讓她這個成績始終名列前茅的劍道社主將判若兩人。

「我有話跟妳說。」或許是有點激動，我的語調高亢，話聲瞬間在道場迴盪。

她靜靜走過來，先將竹刀收進布袋，然後端坐在我面前，說聲「是」，抬頭看著我。

「不用這麼嚴肅。」

「這樣我反而輕鬆，老師也請坐下來吧。」

「噢……好。」我似乎被她的氣勢壓倒，當場盤腿坐下。感受著冰涼地板的同時，也覺得她眞是個奇妙的女孩。

「是這樣的……」

我暗自深呼吸，雅美神情冷靜地等著我說下去。

「其實不是別的事，就是關於那個密室之謎。」

「老師認為哪裡有矛盾嗎？」她不慌不忙地迎戰。

「不，沒有矛盾，我覺得是很精采的推理。」

她點點頭，像是在表示「那還用說」。看著她充滿自信的神情，我說：

「只是我有些不太能認同。」

她的臉色微微一變，「是什麼地方呢？」

「應該是說……妳的分析太過敏銳吧。」

這時，雅美掩著嘴笑了出來。

「還以爲老師要說什麼，原來又是用你最擅長的迂迴婉轉方式稱讚我？」

「不，不是的。我想說的是，妳的推理敏銳到不自然。」

「不自然？」這次她冷哼一聲，「什麼意思？」

口吻聽來很不高興。至今爲止她一向是第一名，連教師都對她另眼相待，說她完美的推理有問題，等於傷了她的自尊心。她看著我的眼神，跟這道場的地板一樣冰冷。

然而，凶手搞不好將她的自尊心也算計進去了，於是我說：

「關於那個案件，妳是局外人，唯一的關聯只有涉案的高原和妳是國中時代的朋友，妳沒辦法掌握太多那個案件的資訊。儘管如此，妳還是做出了漂亮的推理。相關人士、一大堆看熱鬧的人想破頭也想不出來的詭計，妳卻輕易解開了。這還不算是不自然嗎？」

然而，北条雅美一動也不動，依然維持端坐的姿勢，慢慢在我眼前豎起右手食指，沉著地回答：「光是知道凶手不可能從男用更衣室的出入口脫逃就夠了。有關女用更衣室出入口的上鎖方式、更衣室裡的構造等，只要查一下就能知道。」

「或許妳得到了必要的資訊。但要進行推理，還得掌握周遭許多相關的細節，比如堀老師的小習慣。妳說那不是妳本來就知道的事，而是推理出來的，眞有可能嗎？我覺得一般人根本辦不到。」

「我希望老師說的是『一般的推理能力』。」
「妳是想說自己的推理能力不同凡響嗎？」
「根據老師的說法，應該是那樣吧。」
「我不那麼認爲。」
「有什麼問題嗎？老師不認爲那是推理，不然是什麼？」
雅美像是刻意壓抑內心的焦躁，緩緩地低聲問。她挺直背脊，雙手放在膝上，黑色瞳眸直視著我。看著她那好強的眼神，我說：
「我倒想聽聽妳怎麼說。」

2

放學後。
比賽隔天，射箭社不用練習，因此我來到練習場時，沒看見任何人。雖然聽得見旁邊的運動場上傳來其他運動社團的吆喝聲，但只有這個空間籠罩在奇妙的安靜中。
我穿越練習場走進社辦，拿出自己的射箭用具。組好弓，將護胸、護腕、箭袋等配件穿戴起來，然後站在發射線上。就像有什麼金屬的芯放進體內，感覺身心一振，自己已做好準備。
是時候了……
我的心情意外平靜，或許是心裡明白，我早已把自己逼到沒有退路。深呼吸後，我輕輕閉上眼睛。

這時背後傳來有人踩過草地的聲響。我回過頭，一身制服的她——小惠正穿越練習場，往社辦走去。她向我輕輕揮手打招呼「老師來得眞早」。我也舉起手，但沒信心能夠成功掩飾自己僵硬的表情。

小惠提著沉重的書包消失在社辦，「砰」的關門聲，重重打在我的心頭。

「今天放學後有空嗎？」第五堂課結束後，我叫住她這麼問。她說有，我便約她一起射箭。

「好難得，老師居然會約我。當然好嘍。爲了全國大賽，老師要幫我一對一訓練吧？」

這次的縣際大賽，小惠維持在第五名。加奈江和宮坂惠美也相當努力，分別是第八名和第十三名，算是展現了清華女中射社的訓練成果，但事到如今我覺得無所謂了……

「那還用說，最好別讓其他人來打擾。」我試著輕鬆一提，語氣卻很僵硬。還好小惠不疑有他，只回答「那就放學後見」便走進教室。

箭已射出了……吧？看著她的背影我這麼想。

注視著關上的社辦的門，我仍不確定這麼做到底是對還是錯。有必要這麼做嗎？爲什麼不放下一切，讓時間就這麼流逝，將來只要想起有這段經歷就好？此刻我所堅持的事，既沒人會因此得救，也沒人會高興。想到這裡，我的心情更加沉重。我不是沒想過今天就這麼逃開，但另一方面，想要知道眞相的念頭又支配著我。

社辦的門終於打開，小惠換上運動服走出來。她一手持弓，「喀啦喀啦」地晃動著腰間的箭袋，朝我走來。

「許久沒有這樣兩個人一起射箭了，好緊張。」她故作可愛地縮了一下肩膀。

「先從五十公尺自由射擊開始吧。」我說。

將箭靶固定在稻草上後，我們站在五十公尺的發射線上。面對箭靶，小惠站在我右邊，從我的位置可以看見她的背影。

接著我們開始射箭，幾乎沒有交談，各自射了六箭。唯一說的話就是稱讚彼此「射得好」。

「我不太同意比賽隔天不用練習的規定。」收回箭走回發射線的途中，小惠開口：「上場比賽姿勢難免會亂掉吧？我認為應該及早糾正過來才對，所以比賽隔天當然要練習，隔一天再休息不就好了嗎？」

「我會考慮的。」我心不在焉地回答。

之後我們重複了幾次這樣的練習。我不太射箭，佯裝在指導她，其實想的都是同一件事。該怎麼開口？就在五十公尺的最後一回合時，小惠將計分簿塞進口袋，高興地說：「看來成績會比昨天好。」我雖然回答「那太好了」，但如果她回頭看見我僵硬的表情，肯定會覺得很奇怪。

她搭好箭，慢慢舉起弓，徐徐拉開弓弦。她的側臉神色嚴峻，就在拉弓的動作靜止時，滿弓指示器（當弓弦拉到一定長度時會發出聲響的金屬配件）發出鳴響，箭瞬間發射至空中。隨著穿越空氣的咻咻聲後，接著是「砰」的命中聲。宛如日晷的指針，箭影從靶心延伸出來。

「小惠，射得好。」

「謝謝。」

小惠的心情極佳，又搭起第二支箭。一年級時她的肩膀和背部看起來都十分瘦弱，如今健壯許多。三年來，不論身心她都成熟不少，一時之間我居然思考著這些無關緊要的事。

她再度舉起弓，看得出在調整呼吸。接著，她銳利的目光移向箭靶。

就是現在，我想。現在不說出來，永遠也說不出來了。不知爲何我突然有這種感覺，於是一鼓作氣地大喊：「小惠！」

蓄勢待發的她身體一顫，頓時停住。我知道那種緊繃的精神狀態正在消失，等身體放鬆後，她問：「怎麼了？」

「有件事想問妳。」

「嗯。」小惠看著我，等待我的問話。

那短短的幾秒，我覺得嘴脣乾燥。用舌頭舔溼嘴脣後，我咳了一下才說：「妳不害怕……殺人嗎？」

我不知道她是否第一時間就明白了這句話的意思，總之過了一會她才有反應。

她的頭一個反應是長嘆一口氣。

「我不太懂老師的意思。」語速還是跟平常一樣，接著她反問：「老師指的是那個案件嗎？」

「沒錯，就是關於那個案件。」

她用明朗的聲音，開玩笑似地說：「原來如此，老師認爲我是凶手。」

我看不見她的臉，想來應該也是開玩笑的表情吧。她就是那樣的女孩。

「我沒有告發妳的意思，我只想知道眞相。」

聽我這麼說，小惠沉默了一下。不知她是在思考如何閃避我的問話，還是對我突如其來的質問感到困惑。

她沒有答話，而是慢慢拿起弓，跟剛才一樣拉滿弓，一口氣射出。傳來箭穿越風和命中箭靶的聲響，但箭射偏了，有些偏左。

「告訴我，爲什麼我是凶手？」

小惠維持射箭的姿勢這麼問。那是帶著愉悅的口吻，我相當詫異。

「因爲能夠設計出那種密室的人只有妳，我不得不認爲妳是凶手。」

「這話說得眞奇怪。根據北条同學的推理，那不是任何人都能利用的單純詭計嗎？而且告訴我這一點的是老師耶。」

「的確，任何人都能利用那種詭計。但其實那只是虛晃一招，實際上並未使用。」

小惠再度沉默，大概是在掩飾自身的驚訝。

「眞是有趣又大膽的想法，那凶手是用了什麼手法？」

她的語氣從容，也像是在主張自己跟這個案件毫無關係，我卻感到更加絕望。

「我會注意到這一點，是因爲知道凶手不是從女用更衣室，而是從男用更衣室逃走的。之所以如此確定，是有一名妳不知道的證人出現的緣故。案發時那個人就躲在更衣室後方，可以證明沒人從女用更衣室走出來。根據這項證詞，北条同學的推理便無法成立。換句話說，凶手是從男用更衣室逃走的。這麼一來，就能鎖定密室詭計的唯一疑點：有沒有辦法從外側將棍子卡在門內？警方很早就討論過這一點，答案是不可能。因爲從找到的木棍上查不出動過手腳的痕跡，而且他們調查過木棍本身的長度、粗細、形狀和材質等，根本無法從外側以遙控的方式卡在門內。」

「老師是指，警方的判斷錯了嗎？」

小惠聲音有些沙啞，語氣依舊平靜。明知她看不到，我仍搖頭說：

「警方的判斷沒有錯，所以才讓我很頭痛。事實上，警方和我只是在錯誤的方向重複毫無意義的推理。那根木棍的確無法從外側卡在門內，我們卻沒有檢討其他木棍的可能性。」

小惠的背像是痙攣一樣，顫動了一下。爲了掩飾內心的動搖，她故意大聲反問：「其他木棍？那是什麼意思？」

「比方，是不是用更短的木棍就能成功？當初發現的木棍卡在門上時，和地板成四十五度角，用來頂門需要很大的力氣，無法遠距離操作。可是，如果是與地板的角度趨近零度的木棍，不僅不費力，應該也有辦法從外側動手腳吧？」

簡直像在上物理課，不知小惠是懷著怎樣的心情聽我講解，只見她的肩膀微微顫抖。

「也許那樣的木棍可以完成詭計吧，但實際上頂在門內側的是當初發現的那根長木棍啊，老師不也看到了嗎？」

「我是看到了。當時聽了妳的話，透過通風口一看，的確連我都看得出那根木棍頂在門內側。」

「既然如此……」

「聽我說完。看起來的確是那樣，但不能斷言沒有其他木棍頂著。」

「…………」

「怎麼了？」看著小惠驚訝得陷入沉默，我這麼問。

「沒什麼，然後呢？」

「總之，如果這麼做，或許就能成功。首先凶手準備了兩根木棍，一根是在行凶現場發現，無法從外側卡在門上的木棍，就稱爲『棍一』吧。另一根是長度、硬度都可能從外側卡在門上的木棍，稱爲『棍二』。犯案後，凶手將『棍二』纏上堅韌的線或鐵絲，棍子一端從門和牆壁之間伸出去。將門開到只容一人通過的寬度後，讓兩根木棍靠在門上，出去後小心地關上門。這時兩根木棍應該都只是輕輕地頂住門。接著操作剛剛準備好的線或鐵絲，讓『棍二』牢牢固定住門。『棍一』存在的目的不是爲了固定門，所以不用管，最後只要解開線或鐵絲就好了。」

發現屍體時，我從通風口往裡面看，昏暗中我只模糊看到一根又粗又長的棍子卡在門內側。事實上那就是「棍一」，也就是用來當幌子的頂門棍。

「好厲害的想像力。」

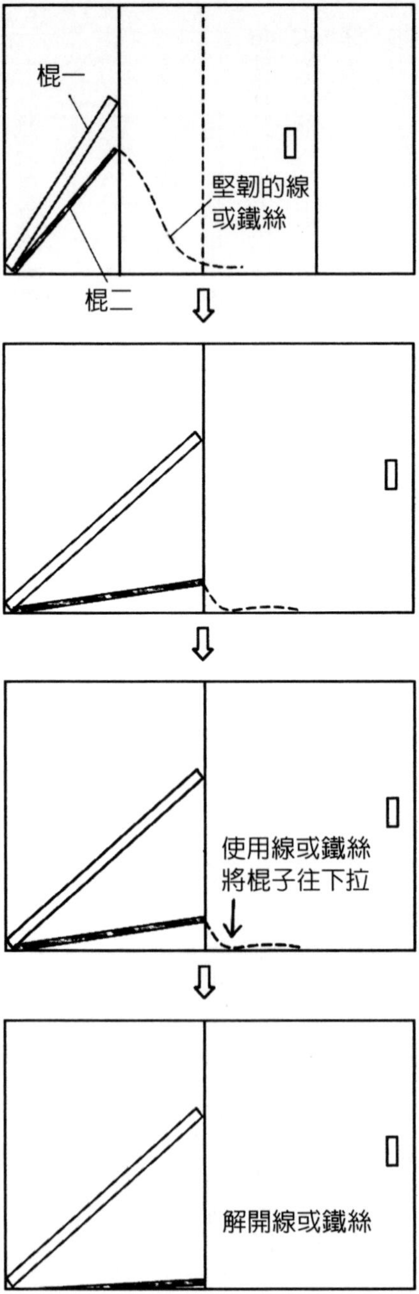
棍一
堅韌的線
或鐵絲
棍二
使用線或鐵絲
將棍子往下拉
解開線或鐵絲

小惠刻意搖頭，動作之大，看起來就像是身體痛苦地扭曲著。

「可是，門口不是留有老師所謂『棍一』深深頂著門內側的痕跡嗎？那又該如何解釋？」

「很簡單，那些痕跡可以事先弄上去，反倒是『棍二』如果留下痕跡就糟了，所以『棍二』有必要在前端包上毛皮或布塊吧？」

「唔……眞會編理由。」

她從箭袋取出第三支箭，愼重地架在弦上，約莫是企圖藉此平復心情。

「不過，這樣會留下一個重大的問題。假如老師說的是事實，破門進去時，應該會在更衣室裡發現『棍二』。」

終於來了！我暗暗嘆了一口氣。這是整個詭計最重要的一環，同時也證明設計這個詭計的人就是小惠。我早料到她會用這一點提出反駁。

「那的確是一個關鍵，因爲是我告訴警方更衣室內沒有留下『棍二』的痕跡。只是，當我們破門而入時，我首先注意到的是村橋的屍體。因此，趁著那短暫的空檔，凶手只要回收那項證據，我自然就看不到了。那麼，誰能回收那項物證？很遺憾的，除了小惠妳……沒有別人。」

她像凍僵一樣，靜止不動。我不知她是以何種表情聽我說這些，但我仍乘勝追擊。

「妳可能會反問，拿著那麼長的棍子，我難道不會起疑嗎？如果是普通木棍，當然會。可是，妳選擇拿在手上也不會令人起疑的東西來當成『棍二』。」

小惠稍稍抬起頭，似乎想說什麼，屏住了呼吸，但還是沒出聲。

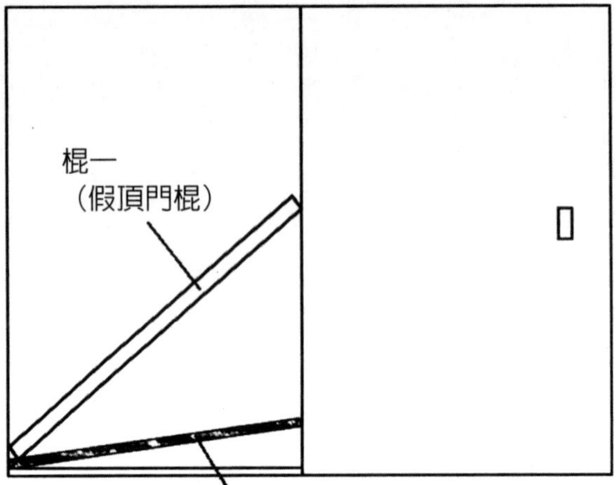

「我也不必賣關子，就是箭，因爲只要放進箭袋就不會被發現。只不過，妳的箭太短了，所以用來設下詭計的，應該是我給妳的箭吧？長度二十八點五吋，換算成公分是七十二點四公分。經過測試，我發現這樣的長度可以頂住更衣室的門，而且剛好是最低限度的長度。這種情況下，不僅只需一點力量就能固定住門，頂住時箭會嵌在門底下的軌道裡，不容易從遠處發現。說到不容易發現，箭本身的顏色也是一項優點。因爲在昏暗的房間角落，很難看出有一支黑色細長橫躺的箭。更何況，在這個案件中，已有一根醒目的『棍一』在那裡了。」

一口氣說完，我等著她的反應。我期待她或許會死心全盤托出，因爲我不想繼續逼問。可是，她吐出的是不帶情感的一句：「有證據嗎？」

「就推理而言，的確很精采。兩根頂門

棍……滿有意思的，不是嗎？可是，如果沒有證據，也就僅止於此了。」

明明受到相當大的打擊，卻還能如此反駁，我不禁對她刮目相看。倘若沒有這麼強悍的意志力，恐怕無法引發這次的案子。

「我有證據。」我用不輸給她的冷靜話聲回答：「小惠，查看一下箭袋裡的幸運箭編號，應該是12號吧？可是，我記得給妳的箭是3號。不知為何，那支3號箭現下在加奈江那裡。我試著推理了一下，首先用來作為密室頂門棍的是12號箭，3號箭當然在妳手上。發現屍體的時候，妳將3號箭放回我的袋子，然後在破門而入的瞬間，撿起12號箭放進自己的箭袋。照理說，之後妳應該將12號箭和3號箭換回來，但妳沒有這麼做。妳大概沒料到我居然會記住箭的編號吧？所以，後來加奈江說想要一支幸運箭時，才會選中3號箭。」

昨天在縣際大賽發現寫著「KANAE」（加奈江）的箭是3號時，我知道之前刻意不多加思考的假設，已不容我繼續忽略。以此為契機，所有謎團便如連鎖反應般解開了。

「以上就是我的……」

小惠再度架箭拉弓，同時反駁：「但那還是老師的推理，我也有我的說法。首先，那一天我不是一直跟老師在社團練習嗎？」

小惠將弓拉滿，開始瞄準目標。她的肌肉拉得愈來愈緊，看到她差不多已到達極限，我低聲說：

「製作密室——這是妳的任務，而動手殺害村橋，則是宮坂惠美的工作。」

這時，我聽到「啪」的一記激烈的斷裂聲，小惠的弓弦在眼前綳斷。瞬間解放的弓，因爲反作用力，在小惠手中不斷反彈。

3

小惠重新上弦之際，我默默將視線移向遠方。這時看到始終監視著我的白石刑警站在弓道場的陰暗處。他看著我們，打了一個大哈欠，今天大概又是回去報告「沒有異狀」吧？假如他知道我們在說些什麼，恐怕會驚訝到腿軟。

「好了，繼續說吧。」

小惠再度站在發射線上。看來，即使身處這種狀況，她還是要繼續射箭。除了可以不用看著我之外，也爲了某種莫名的好勝心吧。

我感覺喉嚨很乾，還是緩緩開口：「妳的共犯，不，按照一般的說法，直接下手的人應該是主犯才對。我之所以斷定是宮坂，當然有很多根據。看穿雙重頂門棍的詭計時，我只認爲凶手應該是射箭社社員而已。理由之一是，妳有完美的不在場證明。另外就是那一天，妳延長社團練習中的休息時間。一向嚴格要求練習的妳，平常只給十分鐘的休息時間，那一天居然延長了五分鐘以上，不是嗎？也就是說，在那十五分鐘內，主犯殺死了村橋，利用剛才所說的手法將更衣室變成密室才回來。原本預定是十分鐘，但因爲主犯沒有回來，妳就若無其事地延長五分鐘，難道不是嗎？」

小惠沒有回答。她盯著箭靶，彷彿催促我繼續說下去，她的姿勢始終沒變。

「爲什麼妳們執著於密室？簡而言之，就是爲了製造不在場證明。也就是說，妳們最大的目的，是要讓警方推理出錯誤的密室謎底。根據那個假的詭計，凶手爲了掉包鎖頭，必須在堀老師使用更衣室的下午四點左右躲在更衣室附近才行。這麼一來，當時在練習中的射箭社社員全部都能排除嫌疑。當然，爲了誘導警方做出錯誤的推理，妳們布下了幾個陷阱，像是翻牆的痕跡、弄溼門口附近的置物櫃不讓人使用、故意將同類型鎖頭上的鐵圈掉落在地上等等。然而，光是這些無法保證能誤導警方做出錯誤的推理。於是妳安排了一個確實能夠啟動假詭計的人出面，那就是北条雅美。」

小惠發出突然打嗝般的聲音，同時使勁抓著弓。看著那副模樣，我很想就此罷手，甚至懷疑自己是虐待狂……

但我還是繼續揭開眞相，那是一種無法克制的衝動。

「我的推理是，當初的計畫中，解開密室之謎其實是妳的工作，但妳聽我說北条很努力想洗清好朋友高原的嫌疑，靈機一動，決定將這個任務讓給她。我剛剛和她談過，已確認詳情了。」

我想起北条雅美端坐在劍道場吐露的事實：「說出堀老師開鎖習慣的人是杉田同學。但她不是直接告訴我，而是跟旁邊同學提起時，正好被我聽到了。解開謎底的推理過程則完全是我個人的想法。」

「她不是偶然聽見的，是妳故意說給她聽的。只不過妳早看出來，像北条那種自視甚高的人，絕對不會告訴別人靈感來自何處。於是，妳透過她公開假的詭計，讓警方認爲這是接近眞相的推理。」

說到這裡，我停了下來，小惠低喃著「繼續說」，聲音低得令人害怕。

「因此，關於殺害村橋的凶手，我認爲應該是妳和射箭社的某人。當然，小丑命案也一樣。威脅麻生老師掉包酒瓶——眞是高明的手法。可是有一點我不明白，就是動機。就算妳們和村橋之間有過爭執，但我相信妳們對我不可能懷有殺意。然而小丑被殺了，我不得不承認妳們對我有殺意的事實。動機是什麼？我想了很久，不斷鉅細靡遺地回憶，就是找不到答案。而後我又產生新的疑問，爲什麼要準備化妝遊行那麼盛大的殺人舞台？我想到了一點，妳們沒有殺我的理由，但有殺死小丑的理由……那一瞬間，我腦中閃過一個可怕的念頭。」

我喘了一口氣，慢慢繼續說：

「妳們的目標不是我，被視爲不幸犧牲者的竹井老師，才是眞正的目標。」

聽到如此大膽的推理，小惠還是跟凍僵了一樣，只是脖子愈來愈紅。

「是妳建議竹井老師和我交換角色的。他跟我提議時，顯得很有自信。當時我就應該起疑，他完全不知道射箭社的化妝流程，爲何會那麼胸有成竹？因爲他知道會有妳的協助，才表現出那種態度。還有運動會前，有關化妝遊行哪個老師扮演什麼角色早已傳遍校園每個角落，也是妳們幹的好事吧。爲什麼要那麼做？一方面是避免讓人看穿殺死小丑的凶手是特定人物，另一方面是爲了製造藉口，好建議竹井老師和我交換扮演小丑吧？」小惠回過頭，隨即又轉了回去，聽得見她急促的呼吸聲。

「這時，我想起一件事。那就是進入第二學期後，我好幾次差點有生命危險。在月台上差點被推倒、差點觸電、頭上突然掉落花盆……每一次我都在緊要關頭逃過一劫，還以為是幸運。但其實那都是妳們的安排，目的是要製造出我被凶手盯上的假象，跟竹井毫不相干。為什麼要製造出那種假象？簡單來說，就是爲了混淆警方的調查方向。但若只是那樣的理由，妳們未免太謹慎了。事實上，其中隱藏著這一連串案件最大的重點。妳們爲了犯案想出各式各樣的詭計，最傷腦筋的就是這一點，也就是將目標對象的村橋和竹井，設計成讓人以爲是村橋和我，對不對？」

小惠跟剛才一樣從箭袋抽出箭，準備架在弦上，或許是沒拿穩，箭滑落到腳邊。她試圖撿起，但撿到一半膝蓋彎曲，整個人跪倒在發射線上，然後她緩緩轉過來，抬頭看著我。

「不愧是機器啊。」

看見小惠臉上浮現淡淡的笑意，我全身被一種難以形容的無力感包圍。而後我心虛地伸出手，小惠抓著我的手站起來。

「今天老師找我來這裡時，我就做好了心理準備，因爲老師最近一直躲著我。但老實說，我沒想到老師居然會看穿到這種程度。」

我握著她的手，注視她的眼睛繼續說：

「妳們的目標是村橋和竹井，卻不能單純地讓他們死去。因爲警方一旦追查兩人的共通點，妳們就會有嫌疑。至於兩人的共通點是什麼？數學老師、個性陰沉的村橋，體育老師、活潑開朗的竹井。這兩人怎麼看都沒有共通點，也因此更突顯出那唯一的共通點，就是今年夏天的集訓時，兩人搭檔負責夜晚的巡房工作。應該……小惠，就是那個晚上吧？」

小惠點頭，回答：「就是那個晚上。」

「那天晚上究竟發生什麼事？爲了調查，我翻閱當時的社團日誌，發現隔天宮坂沒有參加練習。理由是生理期，事後我才知道其實她是手扭傷。因爲她纏著繃帶的時間太久了，我注意到這一點，猜想會不會跟她的手傷有關？我甚至懷疑，那眞是單純的扭傷嗎？於是我去保健室質問志賀老師。既然是她治療的，應該知道些什麼吧。果然，我想的沒錯……不，應該說結果出乎我的意料。」

志賀保健老師告訴我的內容如下：

「那天晚上，大概是十一點左右，杉田惠子像在避人耳目，偷偷來房間找我，說是同寢室的宮坂同學身體不舒服，請我過去看看。我立刻趕過去，走進她們寢室時嚇了一跳，因爲整個房裡都是染血的布塊、紙張，宮坂握住手腕蹲坐其中。杉田同學解釋『剛剛不小心打破牛奶瓶，碎片割傷了她的手腕。我們不想把事情鬧大，所以沒有跟老師說實話』，於是我幫她做了緊急處理，然後兩人要我保密。因爲傷得不是很嚴重，事情鬧大了對誰都沒有好處，我也就沒有跟任何人提起。」

只是，接下來志賀老師頗爲猶豫地說：

「可是根據我的直覺，應該是宮坂同學鬧自殺吧，那傷口是刀片割的。按理，我不應該放任不管，但考慮到有杉田同學陪伴，而且也需要讓她安靜休息一晚，我才答應。之後我持續觀察她的情況，確認沒有什麼異樣，也就安心了……」

那天晚上在我不知道的地方，居然發生了自殺未遂事件——我受到超乎想像的衝擊。同時也因爲這個事實正是此次命案的開端，我更確信小惠的共犯（或許該說是主犯）是宮坂惠美。

「假如凶手的目標是村橋和竹井，警方馬上就會發現集訓時兩人負責夜間巡房的工作，徹底查出集訓期間發生的所有事，到時肯定會從志賀老師口中問出宮坂自殺未遂的事實。那麼，妳和宮坂很快就會被盯上。妳們害怕發生那種情況，想出把目標轉移到我身上的僞裝手法。布下重重陷阱後，接下來就是小丑案。連我也受騙了，而且到今天爲止還很成功。」

小惠睜著黑色瞳眸，靜靜聽我敘述。等我說完後，她移開視線，自言自語般低喃：「爲了讓惠美活下去，那兩人必須死，所以我協助她下手。」

「………」

「在那間更衣室殺害村橋的手法，如同老師的推理。爲了製造不在場證明，以及混淆警方的調查方向，我從之前讀過的推理小說中得到靈感，可是我有信心不會被拆穿。那一天惠美將找村橋出來的紙條塞在他的上衣口袋。邀約見面的時間是下午五點，爲了配合她的行動，我調整了社團的練習流程，將休息時間定在五點。」

天氣熱的時候，男性教職員習慣將上衣掛在置物櫃裡。置物櫃室就在教職員辦公室隔壁，進出自由。爲了避人耳目傳遞紙條，算是相當高明的方法。

「我不確定村橋會不會來，因爲找他出來的紙條上沒有署名，他可能會起疑。」如果只有宮坂的紙條，村橋或許不會去。但同一天，在那之前高原陽子也約了村橋見面，時間一樣是「五點」。他看了紙條可能誤會高原陽子變更見面地點。

小惠繼續說：「所以老實說，惠美鐵青著臉回來時，我的腳也跟著顫抖。畢竟我們沒有退路了。關於密室，老師的推理是正確的，我不需要再說明了吧。」

「氰化鉀是怎麼來的？」我問。

小惠猶豫了一下，才回答：「惠美之前就有那東西。她的朋友家開照相館，東西是從那裡拿的。老師知道氰化鉀可以用來讓照片上色嗎？她是在今年春天拿到那東西，之後就沒再去過照相館，所以我想應該不會被查到。」

「今年春天？」我反問：「爲什麼那個時候就需要氰化鉀？」

「老師，你還眞不懂！」小惠不屑地露出白皙的牙齒，笑著說：「假如有能輕易致死的毒藥，連我都想要。誰知道什麼時候派得上用場，搞不好可以用在自己身上。」

接著，小惠低喃：「我們就是這樣的年紀。」

她的聲音彷彿浸過冰水，讓我的背脊一陣寒顫。

「村橋發現找他出來的人是惠美，似乎很詫異。但因爲惠美是乖巧的資優生，他也就放下戒心，毫不懷疑地喝下惠美請他的果汁。」

以爲對方是問題學生高原，結果是一年級的宮坂——我能理解村橋爲什麼失去戒心。

「第一個計畫就這樣成功了，卻也得到意外的副產品。惠美想要從村橋的西裝口袋拿回自己寫的紙條時，偶然發現一張照片。你知道是什麼嗎？那是一張麻生老師躺在床上睡覺的立可拍照片，可是她的樣子，我實在是說不出口。我們馬上意會到是什麼情形。村橋和她有親密關係，那張照片是村橋趁她睡著的時候拍的。」

原來如此，我總算明白，村橋是用那張照片威脅麻生恭子繼續保持關係。

「我們就想，怎麼可以不好好利用這一點？因爲第二個計畫中，有一項很大的賭注，就是掉包酒瓶。在魔術箱從社辦運到教室大樓後方之前，有其他社員在場無法掉包，只能利用下午的比賽期間進行。畢竟那麼大的酒瓶拿在手裡實在太顯眼，萬一被人看到就功虧一簣了，才會決定讓麻生老師代替我們進行這項危險的任務。老師，你應該知道威脅信的事吧？運動會前一天，惠美她們班恰巧輪到打掃辦公室，所以她趁著空檔將信放進麻生老師的書桌抽屜。這就是我們策畫的小丑殺人計畫，結果相當成功。只是，沒想到麻生老師那麼快就被逮捕了。既然警方認爲凶手的目標是你，我們也沒有受到懷疑，一切到此結束。我還以爲從此惠美就能過著幸福的人生，我也能安心畢業。」

小惠努力保持冷靜說到這裡時，心情似乎有些激動。她轉過身，手忙腳亂地架起了箭。她試圖瞄準箭靶，肩膀卻不住顫動，看來已無法控制自己的身體。

我將手放在她顫動的肩膀上，在她耳邊詢問：「動機是什麼？應該可以告訴我吧。」

小惠深呼吸兩、三次後，恢復剛才冷靜的語氣：「那天晚上，我不是和老師待在餐廳嗎？當時惠美應該睡了。根據她的說法，有人在偷窺寢室。門開了細縫，她感覺到外面有人。就在她連忙要把門關好時，看見村橋和竹井行經走廊。」

「偷窺……」我茫然地將手從她的肩膀上移開，「那就是妳們的……動機嗎？」

「以老師的角度來看，或許會覺得沒什麼大不了。你們認爲現在的高中女生連賣春都無所謂了，但那是兩碼子事。即使是我，有段時期也考慮過賣春，然而我們絕對沒辦法接受毫無戒備地被人偷窺，那就像是有人赤腳踩進我們的內心一樣。」

「可是……也用不著殺人吧？」

「是嗎？萬一被偷窺的時候，惠美不巧在自慰，又該怎麼說？」

這句話彷彿直接在我腦中發出轟然巨響，我不禁反問：「妳說什麼？」

「惠美又羞又憤，甚至鬧到自殺。我無法責備她，換成是我，也可能那麼做。我回到房間時，她渾身是血，拜託我讓她去死。她說只要那兩個老師還活在世上，她就沒有生存的勇氣……我不知該如何鼓勵惠美，說什麼都很空虛。我只能抱著她的肩膀，苦苦哀求她不要死。只要她不哭，等幾個小時我都願意，最後總算讓她回心轉意。」

我作夢也沒想到，那天晚上居然發生了這種事。隔天和小惠碰面時，她居然可以不動聲色，一如既往。

「可是她的不幸還沒有停止，不，應該說才剛要開始。」小惠低吼般訴說：「第二學期開學後，有一天惠美打電話給我說：『現在我眼前就有氰化鉀，我可以喝下去嗎？』我吃驚地反問爲什麼，她邊哭邊回答『我受不了了』。受不了什麼，老師知道嗎？惠美受不了那兩個老師看她的目光。他們看她的目光顯然跟看別人不一樣，他們的眼裡會浮現那一晚她荒唐的模樣。想到自己在他們腦中被怎樣玩弄蹂躪，幾乎要發瘋了——她說這種心情就像是每天都遭受他們的視線強暴一樣。」

「視線強暴……嗎？」

「那也是一種性侵犯。因此，我明白了她再度求死的決心。事實上，當時我覺得電話彼端的惠美隨時都會喝下毒藥。於是我說，既然這樣，該死的人不是惠美，應該是他們吧？雖然那是我為了制止她自殺脫口而出的話，但有一半是眞心的。她重新考慮，同時也下定決心。」

可是，如何確定他們眞的「視線強暴」惠美？我正想反駁，又閉上了嘴。重點在於，惠美是那麼認爲。對她而言，那就是事實。

小惠拉弓，射出第五支箭。那是目前爲止最標準的射箭姿勢，近乎直線的拋物線，使得箭頭幾乎命中靶心。因爲碰觸到先前射中的其他箭頭，發出尖銳的金屬聲。

「擬定計畫的人是我，但我告訴惠美，要不要下手看妳自己。我能幫忙的就是趁打破更衣室的門進入時，回收用來頂門的幸運箭。但她辦到了，也成熟許多。」

這麼說來，這些日子宮坂惠美的確是變了一個人。還以爲只是射箭技術……原來如此，難怪她能夠到達那種境地。

「我可以問兩個問題嗎？」

「請說。」

「首先，運動會之後，有人開車攻擊我，那也是妳們設計的嗎？我感覺那簡直是玩眞的。」

小惠一時之間顯得有些困惑，隨即笑了出來。

「我不知道，但我想應該是惠美做的。她提過小丑案件之後，至少得再假裝襲擊前島老師一次才行。不過用到車子，未免太大膽了，她到底是請誰幫忙開車的？」

希望不要因此產生破綻，小惠不安地說道。

「最後一個問題，」我吞了一下口水，正色問：「我知道妳們的動機了，也試圖理解，可是妳們不害怕殺人嗎？看到別人在妳們設計的詭計中死去，難道妳們毫無感覺嗎？」

小惠側著頭思考，有些猶豫，仍明確回答：「我也問過惠美，不害怕嗎？她回答，閉上眼睛回想十六年來快樂的往事，再仔細咀嚼那一次集訓發生的事，奇妙的是，心中自然湧現平靜的殺意。我可以理解她的心情，有些事物是我們拚上性命也要守住的。」

接著，她回過頭。那張臉上不見任何愧疚之色，她又恢復成一向活潑的小惠了。

「沒有其他問題了吧？」

我有點被她的氣勢震懾，挺直了背才說：「沒有。」

「是嗎？那就到此爲止。接下來，按照約定當我的教練吧，只剩下一支箭了。」

說完，小惠慢慢拿起弓。看著她拉弓，我轉身離去。

「我沒辦法再教導妳們了。」

當我如此低喃時，聽見背後放箭的聲響。因爲是她，肯定又命中靶心了吧。但我沒有回頭，她也沒有叫住我。

就這樣，事情結束了。

4

「喂，啊……裕美子嗎？是我……嗯，我喝了一點酒，從M車站出站……就我一個人，剛好有那個心情嘛……刑警嗎？不在喔，途中我先讓他回去了，現在嗎？在H公園。對，很近，從這裡可以看到我們家的公寓。我休息一下再回去……妳不用擔心，沒事了……什麼爲什麼？唉，有什麼好問的，總之以後不必擔心了。那我掛電話了……」

我幾乎是用整個身體推開電話亭的門走出來，冰冷的風拂過火燙的臉頰，腳步搖搖晃晃地往附近的長椅上靠。頭昏眼花、噁心想吐，一個人喝悶酒眞不是滋味。

我躺在長椅上，眺望著公園的風景。平日夜晚的公園沒有人影，更何況這只是中央有尊尿尿小童雕像的小公園而已。

話說回來，今天眞的喝多了。

爲了忘記一切，我拚命往肚子裡灌酒。不光是這次的案件，還有當上老師後發生的事情，盡是讓我想忘掉的回憶。

「不値一提！」

我試著這麼說，這是我對自己人生的評語。

突然間，睡魔來襲，可是一閉上眼睛，卻又頭昏腦脹、胸口發悶，難受得要命。我試著保持平衡站起來，沒想到感覺還舒服些。我東倒西歪地走著，不禁自嘲這就是喝醉酒的德行啊。

我望著自己家，走出公園時，一輛車開進巷子，車頭燈好刺眼。不，我覺得胃不太對勁，有些蹣跚地扶住公園的鐵欄杆。

那輛車在我的眼前停下，卻沒熄掉車頭燈。正當我感到奇怪時，車門開了，走出一個男人。因爲車頭燈，我看不清他的長相，而且對方似乎戴著墨鏡。

見男人走過來，我莫名心生恐懼，於是扶著欄杆想從旁邊繞過去。然而就在那一瞬間，男人突然攻擊我，他比我高壯太多了。

男人一拳打中我的腹部，我感到一股令人麻痺的熱度，同時喉嚨發出一聲「嗚」，接著讓我幾乎無法呼吸的劇烈痛楚襲來。

男人用力推開我，手上還握著刀子之類的武器。就在我意識到自己被刺傷時，雙腿一陣無力，我倒在路上。我按著肚子，手上有溼滑的感覺，一股血腥味衝鼻而來。

「芹澤先生，快回來！」

我倒在路邊掙扎時，那輛車中傳出女人的叫喚聲。聽見那聲音，受到的衝擊讓我幾乎忘了疼痛。雖然刻意壓低，但毫無疑問是裕美子的聲音。裕美子，爲什麼……？

男人上了車，我聽見關門聲，接著引擎聲沿著柏油路傳來。以爲是車頭燈的光線交錯，其實是車子轉換方向，折返來時路。看著車尾我才想起，就是上次那輛車，CELICA……

車子開走後，我仍像隻蟲子般在地上蠕動。我試著出聲，卻連喘息的力氣都沒有，手腳麻痺，又在血泊中不斷滑倒。

意識斷斷續續地遠去，但在清醒的空檔，我試著冷靜思考。

剛剛聽到男人似乎叫芹澤，假如我沒記錯，那是裕美子打工的超市店長姓氏。身材高大，四十出頭……原來如此，裕美子跟那個男人……

之前遭到汽車攻擊，是在我告訴裕美子自己生命遭受威脅後才發生的。對他們而言，這是除掉我的好機會，警方會認爲凶手跟其他案件是同一人。沒錯，只有汽車事件跟小惠她們毫無關係。

我一直以爲自己的生命有危險，其實我只是被利用了。就在發現這個事實的當天，卻以這種方式，而且是被自己的妻子奪去生命，眞是太諷刺了。

是裕美子想要殺我嗎？——我在痛苦中思索著。也許是我害她殺人的——這就是我想出來的答案。

我什麼都沒給過她，一直以來都是我在剝奪她的所有。自由、樂趣，還有孩子，數不清的一切。一旦有個能給她所需的男人出現，她當然會認爲我是阻礙。

意識像是被吸走般漸漸消失。

可是我不能死。我就這樣死去，什麼都沒能留下來，只會讓裕美子成爲殺人犯。

我躺在柏油路上，一心等待有人會經過。我唯一能做的就是等待。
看來，今天放學後的時間會變得很長——我如此想著。

（全文完）

解說

本格推理的課外授業

陳國偉

※本文涉及謎底，請讀完正文後再行閱讀

八〇年代日本推理的必修課

《放學後》這本東野圭吾一九八五年的出道作，曾經兩度在台灣出版，從一九九一年的林白版，到二〇〇九年的臉譜版，再到如今二〇一七年的獨步文化版（於二〇二五年改版），在不同時期出版這本書，其實對台灣讀者來說有著截然不同的意義。

一九九〇年代的台灣推理場域，經歷了一九八〇年代開始林白、志文等出版社共同打造的推理復興階段，開始大量翻譯日本推理小說，讀者也透過一九八四年創辦的《推理》雜誌，接觸到更多日本推理史脈絡。進入二十一世紀後，日本推理在小知堂、獨步文化的系統化經營下，帶入更完整的「偵探小說——推理小說——Mystery」日本推理史認識，讀者也更深入瞭解文學獎所扮演的角色。但由於前兩次出版，《放學後》都是放在「江戶川亂步獎」這樣的書系概念中出版，賦予重要文學獎桂冠的象徵意義，遠大於傳遞日本推理文學典律角力與轉換的歷史，也因此

《放學後》究竟在何種推理概念重構中脫穎而出、與後來的新本格之間有著何種關聯，還有對於東野圭吾自身的創作，有著何種影響，在當時顯然較少獲得特別的注意。

一九八〇年代的日本推理文壇，松本清張的影響雖逐漸淡去，但他對於寫實性與犯罪動機的重視，在後來的小說家創作中留下了深刻的烙印，甚至籠罩著文學獎徵選等典律的運作。而本格推理在一九七五年創刊的《幻影城》雜誌提倡的「浪漫的復活」風潮下，孕育出泡坂妻夫、栗本薰、連城三紀彥、岡嶋二人等名家，並啓發了島田莊司創作出影響後世深刻的《占星術殺人事件》。另外，隨著出版市場的成熟，推理小說也成爲高度迎合讀者需求的商品，其中最成功的要屬赤川次郎，他透過幽默輕鬆的文風，以及兼具特色與趣味性的角色設定，爲推理小說大幅擴展了女性讀者群；其中「三姊妹偵探團」系列、《死者的學園祭》、《水手服與機關槍》都是以中學女生爲主角的作品，而「杉原爽香」系列更是知名的青春推理代表。

而東野圭吾以《放學後》作爲起點，至今仍戮力經營的「寫實本格」，就是在這樣的推理文學歷史背景下誕生。

東野同學的自由研究

「純粹」可以說是貫穿《放學後》故事內、外層的主要命題，也是整個東野圭吾試圖創造出來的推理世界最核心的隱喻。

雖然小說始於前島老師接二連三與死神擦身而過，但眞正死亡事件的登場，卻是村橋老師陳屍於密室之中，大谷刑警因此展開一連串關於密室是否成立、關係人不在場證明的偵察過程。這樣的故事結構與犯罪謎團安排，其實是向推理小說最古典純粹的型態致敬，也就是一八四一年愛倫坡在〈莫爾格街凶殺案〉中奠定下來的敘事秩序。而且即使是後來發生了毒殺與汽車追殺的案件，密室仍然是位居整本《放學後》謎團的核心，偵探仍然必須回到最初的犯罪現場，重新檢視密室成立的物理證據與心理基礎，梳理關係人供述中眞實與謊言交錯遮蔽的暗影，重新敞開眞相顯影的空間，最終指向那關鍵的工具物件——前島老師贈與的箭，唯一性的，與凶手眞身之間無法撼動的絕對性連結。

那些期待被前島老師祝福，自願被箭編號的，射箭社女學生。她們的犯罪動機起於絕對的純粹，因爲青春所以有著探索自我身體的慾望，那出於純潔的主體想望，認識與理解自身，同時兼具認識論層次與情感的需求，必須通過這樣的儀式才能成長。然而，這樣的純粹動機、純潔的探索過程，被骯髒的大人偷窺而受到侵犯，感到屈辱，甚至危害她們賴以生存的密閉倫理關係：家庭、學校、社團中的人際，純潔之愛的可能。因此她們殺人，相較於犯罪的染污，那因爲青春所以珍視身體純潔的喪失，才是更大的傷害，這才是她們的純粹。

但與此同時，她們的失敗也來自於這份純粹，要不是她們仍懷抱著在大賽中取勝的夢，希望箭術高超的前島老師成爲支持她們的力量，因而珍藏老師贈與的箭，甚至大膽將其置放入密室詭計的一環，最終才會被唯一的知情者前島老師識破，成爲犯行敗露的關鍵。因爲純粹，她們獲得前行的動力（無論是復仇、逐夢或是回歸正常生活），但也因爲純粹，她們終將無法自青春的罪愆中逃逸。

如今回過頭來看，在一九八〇年代日本那樣的推理環境中，不僅不利於純粹追求解謎樂趣的「正統本格」，甚至在泡沫經濟的前景幻想不斷向上攀升的過程中，華麗浮誇的社會氛圍當道，《放學後》所創造出的「寫實本格」，不論是密室詭計、犯罪手法、動機、解謎過程，老實說都有點「太過樸素」了。當赤川次郎讓中學女生的水手服配上機關槍之際，東野圭吾卻讓她們卸下武裝，爲了單純的目標日復一日練習，即便犯下滔天大罪，仍要回到校園最眞實的日常秩序之中。雖然是時代的「異聲」，但東野圭吾展現了初生之犢的勇氣，寫出他追求本格純粹性的「初心之作」，而這其實就是《放學後》展現的不凡魅力，相信也正是它獲得一九八五年「週刊文春Mystery Best 10」第一名的原因。

放學後，他將往何處去？

在《放學後》小說中，不論是故事的發端，或是最終眞相的揭露，都是在放學後才開始，漫長的正規時間反而是去意義的空白沉默，必須在鐘聲響起之後，在秩序的延長線上，一切才能正式啓動，所有的憤怒與悲傷，才有眞正喊停的機會。然而，對東野圭吾而言，《放學後》迎來的，卻是創作生涯漫長的奮鬥與等待，直到十四年後，他才以《祕密》獲得第五十二屆（一九九九）日本推理作家協會獎，二十一年後再以《嫌疑犯X的獻身》榮獲一百三十四屆（二〇〇六）

直木獎和本格推理大獎，蛻變爲在市場大獲成功的傳奇。

然而，若仔細分析《放學後》在密室詭計與犯罪手法之外的諸多安排，其實會看到許多東野圭吾的巧思，以及多年來他一直延續的創作理念。整體來看，小說其實存在著內外層結構，內層的密室犯罪與連續殺人是核心謎團，眞凶是杉田惠子與宮坂惠美；外層是小說開頭前島被眞凶設計成目標，以及最後妻子外遇對象利用前島這個生命受到威脅的假象，實施眞實的突襲並加以殺害。也因此造成本書奇特的閱讀效果，作爲一本推理小說，基於不洩漏謎底的基本倫理，我們可以指稱這個故事是從前島老師有著生命危險開始，而最終的眞相，也眞的是前島發現妻子外遇的事實，以及殺害自己的眞凶，彷彿是同時完滿了謎團與解謎兩個本格推理最重要的條件。但實質上，有一個被隱藏在這個表面外層結構之下的密室犯罪，才是東野圭吾苦心經營的純粹本格謎團與詭計，本書眞正要被解決的核心事件，卻是難以在介紹《放學後》的故事大要時被輕易宣說的。

此外，小說所安排的開放式結局，從今日東野圭吾的文學成就來看，似乎是他創作生涯的隱喻。對於寫實本格的執著，讓東野即使是創作《變身》、《分身》、《白金數據》這類科幻推理，也都仍要遵守小說中給定的秩序與邏輯。但其背後關鍵的動機，依然是東野極爲重視的，卻常常帶來故事最後的意外性。而且只要動機牽涉到女性角色，不論是犯罪者或關係人，她們總是扮演謎樣的生命體，不論是在《祕密》、《白夜行》、《幻夜》、《單戀》、《嫌疑犯X的獻身》、《聖女的救贖》等作，男性角色（特別是偵探）常常無法體會女性的犯罪動機與行爲驅力，彷彿是東野在藉由這些男性角色之口，宣洩自己的焦慮似的。

最後也是最重要的，是後來形成東野圭吾「人間本格」的創作觀核心，一如《信》、《徬徨之刃》、《流星之絆》、《解憂雜貨店》等作，推理小說的故事並不一定是以解開犯罪的謎團而結束，在眞實世界裡，往往有更重要的眞相，隱藏在角色（個人）的生命軌跡之中，眞正的謎底不再只是犯罪者是誰的問題，而是故事的受害者、關係人、遺族，在人生這個更大的謎團面前，要如何一步步地走到終點，去揭開那個專屬於每個人的，生命意義的謎底。

本文作者介紹

陳國偉，曾出版過小說集，得過幾個文學獎，現爲國立中興大學台灣文學與跨國文化研究所副教授、亞洲大眾文化與新興媒介研究室主持人，著有研究專書《越境與譯徑：當代台灣推理小說的身體翻譯與跨國生成》（聯合文學）、《類型風景：戰後台灣大眾文學》（國立台灣文學館），並執行多個有關台灣與亞洲推理小說與大眾文學發展的學術研究計畫。

國家圖書館出版品預行編目資料

放學後／東野圭吾著；張秋明譯 . -- 二版 . -
台北市：獨步文化，城邦文化出版：家庭傳
媒城邦分公司發行，2025.03
面；　公分 . --（東野圭吾作品集；
40）
譯自：放課後
ISBN 9786267609231（平裝）
ISBN 9786267609224（EPUB）
861.57　　113018722

東野圭吾作品集40 放學後

原著書名／放課後
原出版社／講談社
作　　者／東野圭吾
翻　　譯／張秋明
責任編輯／張麗嫺（初版）、陳盈竹（二版）
編輯總監／劉麗真
事業群總經理／謝至平
發 行 人／何飛鵬
出　　版／獨步文化
115台北市南港區昆陽街16號4樓
電話：886-2-2500088　傳真：886-2-2500-1951
發　　行／英屬蓋曼群島商家庭傳媒股份有限公司城邦分公司
115台北市南港區昆陽街16號8樓
客服專線：02-25007718；25007719
24小時傳真服務：(02) 2500-1990; 2500-1991
服務時間：週一至週五上午09：30-12：00；下午13：30-17：00
劃撥帳號：19863813 戶名：書虫股份有限公司
讀者服務信箱：service@readingclub.com.tw
城邦網址：http://www.cite.com.tw
香港發行所／城邦（香港）出版集團有限公司
香港九龍土瓜灣土瓜灣道86號順聯工業大廈6樓A室
電話：852-2508631　傳真：852-25789337
電子信箱：hkcite@biznetvigator.com
馬新發行所／城邦（馬新）出版集團
Cite（M）Sdn. Bhd.（458372U）
41, Jalan Radin Anum, Bandar Baru Seri Petaling,
57000 Kuala Lumpur, Malaysia.
電話：+6(03)-90563833　傳真：+6(03)-90576622
電子信箱：services@cite.my
封面設計／之一設計
排　　版／游淑萍
印　　刷／中原造像股份有限公司
□2017年1月初版
□2025年8月14日二版二刷
售價／400元
Printed in Taiwan

ISBN 9786267609231（平裝）
ISBN 9786267609224（EPUB）

獨步文化
APEX PRESS

廣　告　回　函
北區郵政管理登記證
台北廣字第000791號
郵資已付，免貼郵票

115020台北市南港區昆陽街16號4樓

英屬蓋曼群島商家庭傳媒股份有限公司

城邦分公司

請沿虛線對摺，謝謝！

獨步文化
APEX PRESS

書號：1UE040X　　**書名**：放學後　　**編碼**：

請於此處用膠水黏貼

獨步文化 APEX PRESS

讀者回函卡

謝謝您購買我們出版的書籍！

請費心填寫此回函卡，我們將不定期寄上城邦集團最新的出版訊息。

姓名：________________ 性別：☐男 ☐女

生日：西元________年________月________日

地址：________________________________

聯絡電話：________________ 傳真：________________

E-mail：________________________________

學歷：☐1.小學 ☐2.國中 ☐3.高中 ☐4.大專 ☐5.研究所以上

職業：☐1.學生 ☐2.軍公教 ☐3.服務 ☐4.金融 ☐5.製造 ☐6.資訊

☐7.傳播 ☐8.自由業 ☐9.農漁牧 ☐10.家管 ☐11.退休

☐12.其他________________

您從何種方式得知本書消息？

☐1.書店 ☐2.網路 ☐3.報紙 ☐4.雜誌 ☐5.廣播 ☐6.電視

☐7.親友推薦 ☐8.其他________________

您通常以何種方式購書？

☐1.書店 ☐2.網路 ☐3.傳真訂購 ☐4.郵局劃撥 ☐5.其他

您喜歡閱讀哪些類別的書籍？

☐1.財經商業 ☐2.自然科學 ☐3.歷史 ☐4.法律 ☐5.文學

☐6.休閒旅遊 ☐7.小說 ☐8.人物傳記 ☐9.生活、勵志 ☐10.其他

對我們的建議：________________________________

____

____

為提供訂購、行銷、客戶管理或其他合於營業登記項目或章程所定業務需要之目的，家庭傳媒集團（即英屬蓋曼群島商家庭傳媒股份有限公司城邦分公司、城邦文化事業股份有限公司、書虫股份有限公司、墨刻出版股份有限公司、城邦原創股份有限公司），於本集團之營運期間及地區內，將以mail、傳真、電話、簡訊、郵寄或其他公告方式利用您提供之資料（資料類別：C001、C002、C003、C011等）。利用對象除本集團外，亦可能包括相關服務的協力機構。如您有依個資法第三條或其他需服務之處，得洽詢本公司服務信箱cite_apexpress@cite.com.tw請求協助。相關資料不提供亦不影響您的權益。

☐我已詳讀權利義務之相關條款，並同意遵守。

請於此處用膠水黏貼